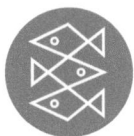 

Kontaktadresse nach EU-Produktsicherheitsverordnung:
produktsicherheit@fischerverlage.de

Treffen sich ein Opernsänger, eine unglückliche Frau und ihr despotischer Bankiersmann in einem Zugabteil – außerdem gibt es noch einen Gesellschafter, der der unglücklichen Frau in Madrid, wohin der Zug unterwegs ist, die Zeit vertreiben soll, wenn ihr Mann wichtigen Bankgeschäften nachgeht. Daraus muss sich nicht zwangsläufig eine Geschichte entwickeln, bei Javier Marías tut es dies aber, und zwar dramatisch, kurzweilig und zum Schreien komisch: Opernsänger verliebt sich in die unglückliche Natalie, sie betrügt ihren Mann, der erschießt sich daraufhin. Schon in diesem frühen Roman, den Marías 1986 geschrieben hat, lässt sich erkennen, was den großen Erzähler Spaniens ausmacht: Er konzentriert sich nicht auf die Handlung selbst, sondern auf die Inszenierung der Handlung, und zwar bis zur Perfektion. Ein raffinierter, poetischer und amüsant polemischer Roman über die Liebe.

»Ehemann. Ehefrau. Liebhaber. Es ist die alte Geschichte, die Javier Marías abwandelt, und doch liest sie sich bei ihm wie neu, ganz unerhört.« (Sigrid Löffler anlässlich der Verleihung des Nelly-Sachs-Preises an Javier Marías)

Javier Marías, 1951 als Sohn eines vom Franco-Regime verfolgten Philosophen geboren, veröffentlichte seinen ersten Roman mit neunzehn Jahren. Seit seinem Bestseller ›Mein Herz so weiß‹ gilt er weltweit als beachtenswertester Erzähler Spaniens.
Sein umfangreiches Werk wurde mit zahlreichen Preisen ausgezeichnet, u. a. mit dem Nelly-Sachs-Preis sowie dem Österreichischen Staatspreis für Europäische Literatur. Seine Bücher wurden in über vierzig Sprachen übersetzt.

Weitere Informationen finden Sie auf www.fischerverlage.de.

Javier Marías

Der Gefühlsmensch

Roman

Mit einem Nachwort des Autors

Aus dem Spanischen von
Elke Wehr

FISCHER Taschenbuch

2. Auflage

© 2024 S. Fischer Verlag GmbH,
Hedderichstr. 114, 60596 Frankfurt am Main

Lizenzausgabe mit freundlicher Genehmigung
des Piper Verlags, München
Die Originalausgabe erschien 1986 unter dem Titel
›El hombre sentimental‹ bei Editorial Anagrama, Barcelona
© 1986 Javier Marías

Für die deutschsprachige Ausgabe:
© 1992 Piper Verlag GmbH, München

Die Nutzung unserer Werke für Text- und
Data-Mining im Sinne von § 44b UrhG
behalten wir uns explizit vor.
Printed in Germany
ISBN 978-3-596-19491-9

A Daniella Pittarello,
che magari siga existiendo.

*I think myself into love,
and I dream myself out of it.*

Hazlitt

Ich weiß nicht, ob ich euch meine Träume erzählen soll. Es sind alte, aus der Mode gekommene Träume, die eher zu einem Jüngling als zu einem erwachsenen Mann passen würden. Sie sind überladen und präzise zugleich, etwas behäbig, wenngleich voller Kolorit, wie es die Träume einer versponnenen, jedoch im Grunde einfachen Seele, einer sehr ordentlichen Seele sein könnten. Träume, die mit der Zeit etwas ermüdend sind, weil derjenige, der sie träumt, immer vor ihrem Ende aufwacht, als erschöpfe sich der träumerische Impuls in der Darstellung der Einzelheiten und lasse das Ergebnis außer Acht, als sei die Tätigkeit des Träumens die einzige noch ideelle und zweckfreie Tätigkeit. Ich kenne also das Ende meiner Träume nicht, und es mag unbesonnen sein, sie zu erzählen, ohne eine Schlussfolgerung oder eine Lehre anbieten zu können. Und doch erscheinen sie mir phantasievoll und sehr intensiv. Das Einzige, was ich zu meiner Entlastung anführen kann, ist, dass ich ausgehend von dieser Form der Dauer – diesem Ort meiner Ewigkeit – schreibe, die mich erwählt hat.

Was ich heute Morgen träumte, als es schon Tag war, ist jedoch etwas, was wirklich geschah und was mir geschah, als ich etwas jünger oder weniger alt war als jetzt, obwohl es noch nicht zu Ende ist.

Vor vier Jahren reiste ich meiner Arbeit wegen und kurz bevor ich wie durch ein Wunder meine Angst vor dem Fliegen überwand (ich bin Sänger), eine bestimmte Zeitlang, insgesamt etwa sechs Wochen, sehr häufig mit dem Zug. Diese kurzen, ständigen Reisen führten mich durch den westlichen Teil unseres Kontinents, und bei der vorletzten dieser Reisen (von Edinburgh nach London, von London nach Paris und von Paris nach Madrid in einem Tag und einer Nacht) sah ich zum ersten Mal die drei heute Morgen geträumten Gesichter, die nämlichen Gesichter, die von damals bis heute, das heißt vier Jahre lang, (jeweils) einen Bereich meiner Phantasie, einen Großteil meiner Erinnerung und mein ganzes Leben ausgefüllt haben.

In Wahrheit ließ ich einige Zeit verstreichen, bis ich sie anschaute, als warnte mich etwas davor oder als wollte ich unbewusst die Gefahr und das Glück hinauszögern, die daraus folgen würden (aber ich fürchte, dass dieser Gedanke eher meinem Traum als der damaligen Realität angehört). Ich las gerade einen Band der prätentiösen Memoiren eines österreichischen Schriftstellers, aber von einem bestimmten Augenblick an war ich so verärgert (tatsächlich geriet ich heute Morgen geradezu in Harnisch), dass ich ihn zuklappte, und entgegen meiner Gewohnheit, wenn ich in der Eisenbahn reise und mich nicht unterhalte, lese, mein Repertoire durchgehe oder mich an Misserfolge oder Erfolge erinnere, schaute ich nicht »direkt« die Landschaft an, sondern die Mitreisenden in meinem Abteil. Die Frau schlief, die Männer waren wach.

Der erste Mann sah, anders als ich, die Landschaft an; er saß mir genau gegenüber, den mächtigen Kopf mit dem krausen grauen Haar nach rechts gewandt, während eine auffallend kleine Hand – so klein, dass es schien, als könnte sie keinem echten menschlichen Körper angehören – langsam über die Wange strich. Ich konnte seine Gesichtszüge nur im Profil sehen: Bei aller Unbestimmbarkeit seines Alters – er besaß eine jener fast magischen Erscheinungen, die den Eindruck erwecken, als widerstünden sie über Gebühr dem Druck der Zeit, als würde die Drohung eines baldigen Todes und die Hoffnung, nunmehr für immer in einem unversehrten Bild fixiert zu sein, ihre Anstrengung belohnen – wirkte er jedoch mehr als reif aufgrund jener üppigen, wie mit Raureif bedeckten Vegetation, die ihn krönte, und aufgrund zweier Einkerbungen – holzige Zäsuren in einer glatten Haut – zu beiden Seiten eines unkonturierten und im Grunde ausdruckslosen Mundes, die gleichwohl an jemanden denken ließen, der jahrelang bei jeder passenden oder unpassenden Gelegenheit bereitwillig ein Lächeln aufgesetzt hatte. In diesem präzisen Augenblick seiner undefinierbaren Jahre empfand man ihn als friedlich, sah man ihn klein von Gestalt und vermögend, mit einer eleganten, wenn auch leicht abgetragenen und etwas kurzen Hose – die Schienbeine fast entblößt – und einem funkelnagelneuen Jackett, in dessen Stoff sich zu viele Farben mischten. Ein Mann, den der Reichtum spät erreicht hat, dachte ich; vielleicht ein mittlerer Unternehmer, unabhängig, aber strebsam. Da mir sein Blick entging, den er nach draußen richtete, hätte ich nicht sagen können, ob es sich um eine vitale oder um eine schwermütige Person handelte (obwohl er stark parfümiert war und damit eine überlebte, aber noch immer unüberwundene Eitelkeit verriet). Jedenfalls schaute er ungewöhnlich aufmerksam, fast könnte man sagen, sprechend, so als verfolge er in diesem Augenblick das Entstehen einer Zeichnung oder als sei das, was sich seinen Augen darbot, Wasser oder Feuer, denn von beidem kann man bisweilen nur schwer den Blick lösen. Aber die Landschaft ist niemals dramatisch, so wie es das Entstehen einer Zeichnung oder das bewegliche Wasser oder das veränderliche Feuer ist, und deshalb bringt ihre Betrachtung den Müden Erholung und langweilt diejenigen, die nicht ermüden. Ich mit meiner robusten Statur und einer Gesundheit, über die ich mich nicht beklagen kann, wenn ich bedenke, dass mein Beruf eine wahrhaft eiserne erfordert, ermüde gleichwohl sehr rasch, weshalb ich mich entschied, meinerseits die Landschaft zu betrachten, »indirekt« und durch die unsichtbaren Augen des Mannes mit den kleinen Händen, der eleganten Hose und dem verwegenen Jackett. Aber da es schon dunkel wurde, sah ich kaum etwas – nur Halbreliefs – und dachte, dass der Mann vielleicht sich selbst im Fensterglas betrachtete. Ich zumindest konnte ihn nach einigen Minuten, als nach dem kurzen, zögerlichen Schimmer einer noch immer nördlichen Abenddämmerung das Licht seine sanfte Niederlage erlitt, abgebildet, verdoppelt, wiederholt in der Fensterscheibe sehen, fast ebenso deutlich wie in der Wirklichkeit. Kein Zweifel, entschied ich, der Mann forschte seine Gesichtszüge aus, er betrachtete sich selbst.

Der zweite Mann, der mir schräg gegenübersaß, hielt den Blick unverwandt nach vorn gerichtet. Er besaß einen jener Köpfe, deren bloße Betrachtung jeden innerlich beunruhigt, der noch einen nicht freigeräumten Weg vor sich hat oder, mit anderen Worten, der noch von seiner eigenen Anstrengung abhängt. Die Kahlheit, die verfrüht eingetreten sein musste, hatte weder seine Selbstzufriedenheit noch die Unstillbarkeit seines Machthungers geschwächt, und sie hatte auch nicht den verletzenden Ausdruck seiner Augen gemildert – oder auch nur getrübt –, die es gewohnt waren, rasch über die Dinge der Welt hinwegzugleiten – gewohnt, von den Dingen der Welt verwöhnt zu werden –, und die Farbe des Cognacs besaßen. Seine eigene Unsicherheit hatte sich erlaubt, lediglich den Tribut eines gepflegten schwarzen Schnurrbarts zu zahlen, der seine plebejischen Gesichtszüge verbarg und ein wenig vom Fettansatz seines Kopfes, seines Halses und seines zur Konvexität neigenden Brustkorbs ablenkte, ein Fettansatz, der in anderen, von ihm unterworfenen Augen noch immer als Robustheit hätte gelten können. Dieser Mann war ein Potentat, ein Ehrgeizling, ein Politiker, ein Ausbeuter, und seine Kleidung, vor allem das glänzende Jackett und die Krawatte mit Krawattennadel, schien von jenseits des Atlantiks zu kommen oder vielmehr von einer höflichen europäischen Konzession an den Stil, den man in Übersee für elegant hält. Er mochte zehn

Jahre älter sein als ich, aber ein krampfartiger Zug, der sich sogleich bei dem angedeuteten Lächeln bemerkbar machte, an dem sich seine wulstigen Lippen ab und zu stumm versuchten – wie jemand, der seine Körperhaltung verändert oder die Beine übereinanderschlägt oder wieder nebeneinanderstellt, mehr nicht –, ließ mich denken, dass diese präpotente Person womöglich ein kindliches Element in ihrem Charakter barg, das, in Verbindung mit ihrem energischen Äußeren, die Reaktion eines jeden, der es zu erfassen wüsste, zwischen Spott und Schrecken – mit einigen Tropfen irrationalen Mitleides – schwanken ließe. Vielleicht war dies das Einzige, was ihm im Leben fehlte: dass seine Wünsche verstanden und erfüllt wurden, ohne dass er sie ausdrücken musste. Selbst im sicheren Gefühl, sie zu verwirklichen, sähe er sich vielleicht gezwungen, ein ums andere Mal auf Tricks, Drohungen, Verwünschungen, Ohnmachten zurückzugreifen. Aber womöglich nur, um sich zu amüsieren, womöglich, um in regelmäßigen Zeitabständen seine komödiantischen Talente auf die Probe zu stellen und nicht an Geschmeidigkeit zu verlieren. Womöglich, um die Unterwerfung vollkommen zu machen, denn ich weiß nur zu gut, dass es keine wirksamere noch dauerhaftere Unterwerfung gibt als jene, die auf einer Vorspiegelung oder, mehr noch, auf etwas beruht, was nie existiert hat. Dieser Mann, den ich in meinem Traum von Anfang an für ebenso feige wie tyrannisch hielt, schaute mich – ebenso wenig wie der andere – nicht ein einziges Mal an, zumindest dann nicht, wenn ich es hätte bemerken können, das heißt, während ich ihn anschaute. Dieser Mann, von dem ich jetzt zu viel weiß, schaute, wie gesagt, gleichmütig vor sich hin, als stünde auf dem leeren Sitz, den er sicher nicht wahrnahm, der detaillierte Bericht einer ihm bekannten Zukunft geschrieben, den er lediglich einer Überprüfung unterzog.

Während also diese ausbeuterische Person ihr ganzes Gesicht sehen ließ und das fast magische Individuum weiter nichts als das Profil, war die Frau, die zwischen beiden saß, mit der die Männer vielleicht reisten oder vielleicht auch nicht, vorläufig völlig gesichtslos. Sie hielt den Kopf aufrecht, aber vor ihrem Gesicht hing das glatte, kastanienbraune Haar, das bewusst nach vorne geworfen war, vielleicht um den leichten Eisenbahnschlaf vor dem Licht zu schützen, vielleicht auch, um nicht grundlos das Bild von Intimität und Gelöstheit zu bieten, um das sie selbst nicht wissen würde, ihr schlafendes und lebloses Bild. Sie hatte die Beine übereinandergeschlagen, und die Winterstiefel mit extraflachen Absätzen ließen nur den oberen Teil des Unterschenkels sehen, der sich in einem Knie fortsetzte, auf dem der schwache Schimmer der Strümpfe sich verdichtete, und am Rand eines schwarzen Rockes endete, der mir aus Wildleder zu sein schien. Die ganze Gestalt, mit Ausnahme des Gesichts, machte den Eindruck von Makellosigkeit, von Bestimmtheit, von Vollendung, von Richtigkeit, so als ließe sie weder Veränderungen, Verbesserungen noch Widerspruch zu – wie die bereits zu Ende gegangenen Tage, wie die Legenden, wie die Liturgie der etablierten Religionen, wie die Gemälde vergangener Jahrhunderte, an die zu rühren niemand wagen würde. Die Hände, im Schoß liegend, ruhten zugleich aufeinander, die rechte mit offener Handfläche, die linke – senkrecht aufgestützt – mit halbgeschlossener Faust. Aber der Daumen dieser Hand – lange Finger, leicht knochige Finger, wie von jemandem, der vor der Zeit der Versuchung unterliegt, der Jugend Lebewohl zu sagen – bewegte sich leicht, mit Unterbrechungen, so wie sich manchmal jemand unwillkürlich und krampfartig bewegt, der gegen seinen Willen schläft. Sie trug eine altmodische Perlenkette; sie trug eine rote Stola um den Hals; sie trug einen doppelten Silberring am Mittelfinger. Die Haarmähne, die sie sicherlich mit einer einzigen, oft ausgeführten Kopfbewegung in diese Lage gebracht hatte, erlaubte nicht, sich auch nur ausgehend von einem einzigen sichtbaren Merkmal eine Vorstellung von der Gesamtheit der Gesichtszüge zu machen, so dicht fiel sie wie ein undurchsichtiger Vorhang herab. Deshalb betrachtete ich eingehend die Hände. Außer der Bewegung des Daumens gab es noch etwas, was mir auffiel: Nicht so sehr die – kräftigen, weißlichen, gepflegten – Fingernägel als die Haut ringsum wirkte abscheulich abgebissen oder verbrannt, so sehr, dass man veranlasst war zu glauben, die Haut der Zeigefinger – denn es war vor allem die der Zeigefinger – existiere gar nicht, und zu zweifeln, sie habe jemals existiert. Die Ränder dieser Fingernägel hatten eine schwere Entstellung an der Hautoberfläche erlitten, die ein hässliches Rot hinterlassen hatte, wie es typisch ist für eine Entzündung, oder aber ihr Fleisch lag bloß. Ich dachte, wenn es sich um das Letztere handelte (denn ich konnte es nicht genau erkennen), dann war dies nicht so sehr eine Arbeit der ungesehenen Schneidezähne der schlafenden Frau und des Mädchens, das sie einmal gewesen war, als eine Arbeit der Zeit selbst, denn die Verkümmerung – darum schien es sich zu handeln – bedarf der mangelnden Benutzung und Tätigkeit, des Willens zur systematischen Beseitigung nicht weniger als des zeitlichsten aller Dinge, das zugleich alle Dinge am meisten ihrer Zeitlichkeit enthebt, das heißt der Gewohnheit (oder ihres immer späten Abkömmlings, des Gesetzes, das ankündigt, dass die Zeit der Gewohnheit vorüber und zugleich das Ende der Enthebung ist). Ich begann gerade, meine Gedanken ein wenig um diese Fragen kreisen zu lassen, von denen ich nichts verstehe und in Wirklichkeit nichts weiß, als eine starke Erschütterung des Zuges bewirkte, dass jenes leuchtende, glatte, kastanienfarbene Haar plötzlich einen Augenblick lang das Gesicht entblößte, das es bewachte. Dieses Gesicht erwachte nicht, und es dauerte nur wenige Sekunden, bis alles wieder in seine vorherige Lage zurückfand, aber an den vollen, zusammengepressten, angespannten Lippen, an den zusammengepressten, angespannten und von winzigen geröteten Adern durchzogenen Augenlidern (an den ungesehenen, geschlossenen Augen) sah ich, dass die schlafende Frau – wie soll ich sagen? – litt. Vielleicht sah ich, dass sie sich in Melancholie verzehrte.

»Ich will nicht wie ein Idiot sterben«, habe ich dieser Frau kurze Zeit darauf in einem engen und dunklen

Hotelzimmer gesagt, dessen Schäbigkeit ich damals nicht wahrzunehmen vermochte, ein Zimmer mit nackten Wänden, in dem die grauen oder vielleicht trauertragenden oder einfach als überflüssig betrachteten Bettdecken auf dem sauberen, wenn auch schwärzlichen Teppichboden lagen, auf dem nicht einmal Platz war, um ein paar Schritte zu tun, da zwei halbausgepackte Koffer den Platz einnahmen, auf dem man die Schritte in ein Badezimmer hätte tun können, das so leer und so weiß war, dass zwei Zahnbürsten – granatrot und grün –, die in ein und demselben Glas standen, dessen Cellophan verschwand, ohne dass wir gewusst hätten, in welchem Augenblick noch wer es hatte verschwinden lassen, den Blick anzogen wie der Dolch die Hand oder der Magnet das Eisen, dermaßen, dass, als eine der beiden Zahnbürsten in der letzten Nacht, die ich dort verbrachte, fehlte, die Keramik und die Fliesen und die Kacheln sich mit dem Granatrot der Zahnbürste färbten, die dort geblieben war, und diese Farbe vereinnahmte sogar das Schwarz des Necessaires, das ich auf dem gläsernen Bord ließ, damit es nach dem Fortgang irgendeine Veränderung gab oder Trauer in dem Badezimmer herrschte, das so leer und so weiß war und zu dem man kaum gelangen konnte über die halbausgepackten Koffer und die als überflüssig betrachteten und auf den Boden geworfenen Bettdecken hinweg, als ich in einem Hotelzimmer kurze Zeit darauf derselben Frau sagte oder gesagt habe: »Ich will nicht wie ein Idiot sterben, und da ich eines Tages unausweichlich werde sterben müssen, möchte ich in meiner Zeit vor allem für das Einzige Sorge tragen, was sicher und unausweichlich ist, aber allem zuvor möchte ich für die Form meines Todes Sorge tragen, denn die Form ist nicht so sicher noch unausweichlich. Es ist die Form unseres Todes, für die wir Sorge tragen müssen, und um dafür Sorge zu tragen, müssen wir für unser Leben Sorge tragen, denn dieses, das nichts an sich ist, wenn es aufhört und ersetzt wird, wird gleichwohl das Einzige sein, aus dem wir am Ende das Wissen beziehen können, ob wir wie ein Idiot sterben oder ob wir auf annehmbare Weise sterben. Du bist mein Leben und meine Liebe und mein erkennendes Leben, und weil du mein Leben bist, möchte ich niemand anderen als dich neben mir haben, wenn ich sterbe. Aber ich möchte nicht, dass du plötzlich an mein Sterbebett eilst, nachdem du erfahren hast, dass ich dem Tod nahe bin, oder dass du zu meiner Beerdigung kommst, um dich von mir zu verabschieden, wenn ich dich nicht mehr sehen noch deinen Duft atmen, noch dein Gesicht küssen kann, nicht einmal, dass du bereit bist oder suchst, mich in meinen letzten Jahren zu begleiten, weil wir beide unsere jeweiligen jämmerlichen oder getrennten Leben überlebt haben, denn das ist mir nicht genug. Ich möchte vielmehr, dass das, was in der Stunde meines Todes anwesend ist, die Verkörperung meines Lebens ist, und das ist nichts anderes als das, was dieses Leben *gewesen* ist, und damit du es gewesen bist, ist es nötig, dass du von jetzt an und bis zu diesem meinem letzten Augenblick an meiner Seite gewesen bist. Ich könnte es nicht ertragen, wenn du in dieser Stunde nur eine Erinnerung wärst und dich mit anderen Dingen vermischen würdest und einer fernen, verschwommenen Zeit angehörtest, die unsere deutliche jetzige Zeit ist, denn nichts verabscheue ich mehr als die Erinnerung und die ferne Zeit und die Vermischung, die ich immer herabzusetzen und zu leugnen und zu begraben versucht habe in dem Maße, wie sie entstanden, in dem Maße, wie jede gewürdigte und überhöhte Gegenwart aufhörte, Gegenwart zu sein, um sich in Vergangenheit zu verwandeln, und von dem besiegt wurde, von dem ich nicht weiß, wie ich es nennen soll, wenn nicht ihre eigene, ungeduldige Nachwelt oder ihr Nicht-Jetzt. Deshalb darfst du jetzt nicht fortgehen, denn wenn du jetzt fortgehst, dann nimmst du mir nicht nur mein Leben und meine Liebe und mein erkennendes Leben, sondern auch die erwählte Form meines Todes.«

Ich erinnere mich noch genau, wie sie mir zuhörte, während sie auf dem Bett eines Hotelzimmers lag: Sie trug keine Schuhe mehr, war aber noch bekleidet, sie stützte sich auf die Ellenbogen und hatte die Beine angewinkelt; der leicht hochgerutschte graue Rock ließ einen Teil des Oberschenkels sehen, die kastanienfarbene, leuchtende, glatte Haarmähne fiel zu der Seite herab, wo ich mich nicht befand; und der sanfte, ironische und ernste Blick ruhte so starr auf meinen nicht stillstehenden Lippen, dass er mir das Gefühl gab, ich sei nur Lippen und meine Lippen seien die einzigen Verantwortlichen und Urheber dessen, was von ihnen kam.

»Und wenn ich vorher sterben würde?«

»Alles ist möglich«, antwortete ich als Erstes. Aber ich glaube, ich tat es, um die einzige andere übliche und zulässige Antwort zu bemänteln oder ein wenig hinauszuschieben (ich tat es, um Zeit zu gewinnen), die danach kam, die sie erwartete und die ebenso jeder Sterbliche erwartet hätte, der in diesem Augenblick, wie sie, auf jenem Bett gelegen wäre: ›Aber dein Tod wäre auch der meine.‹ »Aber dein Tod wäre auch der meine«, sagte ich derselben Frau, und so, genau wie in der Oper, habe ich es ihr auch mehrere Male in meinem Traum heute Morgen wiederholt.

Mein Beruf zwingt mich oft zu einem sehr einsamen Leben in den großen Hauptstädten der Welt, und Madrid, die Stadt, in der ich einen guten Teil meiner Kindheit und einen weiteren meiner Jugend verlebt habe, war vor vier Jahren keine Ausnahme. Damit nicht genug, erschien mir die Stadt, nachdem ich lange Zeit nicht dort gewesen war, einsam und traurig wie wenige, die ich auf meinen zahlreichen Reisen durch das Ausland gesehen habe. Mehr noch als die englischen Städte, die schlimmsten des Erdkreises, die heruntergekommensten und die feindlichsten; mehr noch als die Städte in Ostdeutschland, in denen eine solche Disziplin und eine solche Gedämpftheit herrscht, dass jemand, der pfeifend auf der Straße geht, einen Kataklysmus heraufbeschwört; mehr noch als die Schweizer Städte, die wenigstens sauber und ruhig sind und der Phantasie Raum lassen, eben weil sie nichtssagend wirken.

Madrid hingegen scheint es eilig zu haben, alles zu sagen, als sei es sich bewusst, dass seine einzige Möglichkeit, den Reisenden zu erobern, in der Betäubung und in zügelloser Heftigkeit liegt. Deshalb erlaubt es sich kein langes Abwarten, kein Hindeuten und keinen Vorbehalt, und damit erlaubt es dem Reisenden auch nicht (und schon gar nicht dem ständig geplagten Bewohner), die geringste phantasievolle oder imaginäre Hoffnung zu entwickeln, es könnte noch etwas anderes existieren – etwas Verborgenes, Unausgedrücktes, Übergangenes oder einfach nur Mögliches – außer dem, was sich ihm schamlos darbietet, sobald er einige Schritte durch seine schmutzigen und stickigen Straßen tut. Madrid ist ländlich und großmäulig und birgt kein Geheimnis, und nichts ist so traurig und so einsam wie eine Stadt ohne scheinbares Geheimnis oder den Schein eines Geheimnisses, nichts ist so abschreckend, nichts ist so bedrückend für den Besucher. Ich war in meinem Traum wie auch vor vier Jahren ein Besucher dieser Stadt, obwohl ich in ihr oder in einem ihrer Vororte gelebt habe, als ich noch ein Kind war und gänzlich von meinem Stiefvater abhing, der mich nach dem Tod meiner Mutter aufnahm und von Barcelona dorthin brachte. (Ich bin viele Jahre lang ein sogenannter armer Verwandter gewesen: Ich bin es im wortwörtlichen Sinne gewesen, und zwar während der Zeit, die ich in Madrid wohnte. Aber obwohl ich vor vier Jahren schon lange kein armer Verwandter mehr war und mehr als genug zum Leben verdiente, fühlte ich mich aufgrund meiner sehr langen Abwesenheit und des äußerst spärlichen Kontakts, den ich seit meiner Volljährigkeit mit meinem ehemaligen Wohltäter pflegte, damals in Madrid ebenso als Besucher wie wenige Wochen zuvor in Venedig und Mailand und Edinburgh.)

In all diese Städte führte und führt mich noch immer, wie ich schon sagte, mein Beruf, einer der traurigsten und einsamsten, die es gibt, entgegen der Meinung, welche die meisten Leute von uns haben, die uns nur von der Bühne, von den Schallplattenhüllen, von den Plakaten oder von irgendeiner Galaveranstaltung im Fernsehen kennen, das heißt immer geschminkt. Denn so viel ist gewiss, wir unterscheiden uns nicht wesentlich von den Handelsreisenden, mit dem Vorbehalt, dass dieser Beruf allmählich zu existieren aufhört, im Verschwinden begriffen ist, wahrscheinlich weil die Verantwortlichen der Unternehmen, obwohl im Allgemeinen sehr pragmatische und wenig menschenfreundliche Leute, sich darüber klargeworden sind, dass niemand ein so zerrissenes und hartes Leben führen kann. Ich habe von Handelsreisenden gehört, die im Irrenhaus gelandet sind oder einen angehenden Kunden ermordet oder in einem Luxushotel Selbstmord begangen haben, wohl wissend, dass die ungewöhnlichen Exzesse (Hallenschwimmbad, Sauna, Massagen, *hard drinks*, aber vor allem die chemische Reinigung) vergeblich von einem posthumen Gehalt abgezogen werden würden, das sie wohlweislich überzogen hatten und das ohnehin niemand mehr beziehen würde. Wenigstens mit gebügeltem Anzug sterben.

Wir Opernsänger logieren immer in Luxushotels, und die Exzesse sind weder ungewöhnlich noch überhaupt Exzesse, sondern die Regel und sogar ein Erfordernis, aber unser Leben in der Stadt, in die uns unsere Arbeit führt, unterscheidet sich nicht sehr von dem eines Handelsreisenden. In jedem Hotel, in dem ich abgestiegen bin – in jedem Hotel also, in dem es einen Sänger gab –, gab es wenigstens einen Handelsreisenden, der sich während der Zeit meines Aufenthalts in einer schaumgefüllten Badewanne die Pulsadern öffnete oder erbarmungslos einen Hotelpagen niederstach, sich in der Hotelhalle flink seiner Kleidung entledigte oder der Frau irgendeines Mitglieds irgendeiner Regierung im Fahrstuhl unter die Röcke griff, einen Teppich in Brand setzte oder mit dem Feuerlöscher die Spiegel seines luxuriösen Zimmers zertrümmerte. Und immer habe ich vor oder nach ihren Ausbrüchen eine Möglichkeit gefunden, mich mit ihnen zu identifizieren: in dem einen oder anderen Detail, in dem einen oder anderen Merkmal, in einer Gebärde chronischer Müdigkeit, bei der ich den Reisenden ertappte, als wir spät in der Nacht im Fahrstuhl zusammentrafen, mit verrutschter Krawatte und zahmen Augen; in einem geteilten, ausweichenden Blick voll Geduld oder Niederlage; in der Art und Weise, wie wir uns verstohlen das Haar glätteten oder mit einem Taschentuch über die Stirn fuhren; in der wenig originellen Form des Selbstmords. Bisweilen traf ich mit diesem todgeweihten Reisenden in der Bar des Hotels zusammen, wo jeder auf einem Barhocker saß, wenige Meter voneinander entfernt, und irgendeine schon tote müßige Stunde in diesem Bereich vorbeigehen ließ, den man, kaum hat man sich eingerichtet, sofort zu erkunden sucht, um über einen dritten Zufluchtsort oder Halt zu verfügen (der erste ist das Zimmer, die Halle der zweite), der uns schützt und davor bewahrt, sofort nach draußen zu gehen, in die neue und unbekannte und unkundige Stadt, in der uns nichts kennt und nichts nach uns verlangt. Aber wenn der Reisende bei einer dieser Gelegenheiten zufällig erfahren hat, was oder wer ich war, dann hat er mich nicht betrachtet, wie ich ihn betrachtet habe, das heißt wie einen, der mir gleich oder ähnlich ist, sondern mit Neid und Ressentiment. Selbst wenn er es nicht erfahren hat: denn meine Kleidung ist besser, meine Selbstsicherheit offenkundiger, meine Art, das Glas zu halten, ungezwungener, meine Beine sind immer locker übereinandergeschlagen, das Taschentuch, mit dem ich mir über die Stirn fahre, ist sauber und gefaltet und kann farbig sein, während seines zerknittert und schmutzig und unveränderlich weiß ist; seine Stirn ist zerfurchter. Den Unterschied macht nicht so sehr der Grad des Ruhms aus (in seinem Fall nicht vorhanden) oder das Bewusstsein gesellschaftlichen Ansehens, das uns die Ausübung unserer jeweiligen Berufe verschafft, als die Gewohnheit, sich auf einem bestimmten Terrain zu bewegen: Während der Reisende sich aufgrund extremer Verzweiflung in dem Luxushotel befindet und nicht umhin kann, sich als Eindringling zu fühlen – als armer Verwandter, der ausnahmsweise dort zugelassen wurde, weil sich dort seine Verstörung manifestieren oder sein Tod stattfinden wird –, bin ich ein Künstler und Weltmann, der, auch wenn er sich in Wirklichkeit seiner Arbeit wegen dort befindet, das heißt einer latenten oder nicht ganz ausgebrüteten Verzweiflung wegen, seine eigene Anwesenheit an diesem Ort weder als einen

Verstoß noch als einen Vertrauensmissbrauch, noch als eine Herausforderung betrachten kann, sondern nur als einen Akt der Routine; für mich besitzt meine Anwesenheit dort noch nicht, wie für ihn, eine symbolische Bedeutung oder den Charakter eines Ultimatums. Sie ist mitnichten, wie in seinem Fall, ein Hilferuf. Sie verheißt auch nichts. Und doch glaubte ich bisweilen, in dem zerstörten oder kurz vor der Zerstörung stehenden Reisenden einen Schatten oder eine Vorwegnahme dessen zu sehen, was mich erwartete. Er steht am Ende eines einsamen und traurigen Lebens, während der Opernsänger noch nicht an das Ende des seinen gelangt ist, aus dem einfachen Grund, weil er nie so sicher ist wie der Reisende, dass dieses sein Leben tatsächlich einsam und traurig ist. Die Schminke ist schuld daran, dass er weniger Klarsicht besitzt.

Dennoch, ohne all diese Unterschiede leugnen zu wollen, bestehe ich darauf, dass das Leben in den großen Hauptstädten für beide Zünfte sehr ähnlich ist. Wir Opernsänger treffen an einem Ort ein: Wir werden im Hotel empfangen (wenngleich nicht immer, und selbstverständlich nie am Flughafen oder am Bahnhof), und wir werden am ersten Abend ein wenig von den Veranstaltern umsorgt (das heißt von den Impresarios, vom Vertragspartner, der *vorgibt*, uns eingeladen zu haben). Damit haben die Ehrungen und praktisch die Liebenswürdigkeiten jedoch ein Ende, denn am folgenden Morgen beginnt für uns ein Zeitraum von einer oder zwei oder sogar drei Wochen, in denen wir strikte Verpflichtungen zu erfüllen haben, und das Einzige, was wir tun, ist proben, schlecht essen, proben und schlafen, wobei wir uns kaum von dem Weg entfernen, der zwischen dem Hotel und dem Probesaal beziehungsweise dem Aufnahmestudio zurückgelegt werden muss. Weil die Impresarios immer glauben, uns einen großen Gefallen zu erweisen, indem sie berücksichtigen, dass es für uns am besten und bequemsten ist, wenn beide Orte nahe beieinanderliegen, betragen die Wegstrecken in den von uns besuchten Städten oft nur wenige hundert Meter (es sei denn, die Existenz eines alten Freundes an diesem Ort bringt uns auf Abwege oder Rebellion oder Neugier verleitet uns zu etwas anderem). Ich bin kein Konformist, sondern eine Ausnahme von der Regel, aber ich habe Kollegen, für die sich eine riesige Stadt mit Millionen von Einwohnern auf eine oder zwei oder drei Straßen beschränkt, durch die sie außerdem niemals anders als zu Fuß gehen. Wenn man sich an einen Ort begibt, um dort zu arbeiten, hat man nicht den Wunsch, diesen Ort zu besichtigen; eher im Gegenteil, wir Opernsänger versuchen geradezu, uns nicht bewusst zu machen, dass wir uns an einem anderen Ort als dem befinden, zu dem wir uns zuvor begeben haben, um auf diese Weise die geographische (und in unserem Fall auch sprachliche) Schizophrenie zu vermeiden, die uns zu dem gleichen wahnsinnigen, kriminellen oder selbstmörderischen Ende führen könnte, wie es so viele Handelsreisende finden. Zum Glück für die meisten Sänger gleicht ein Luxushotel immer ziemlich dem anderen und ein Aufnahmestudio oder Probesaal dem anderen und letztlich ein Publikum, das jubelt und applaudiert, dem anderen, das mehr oder minder das Gleiche tut, so dass viele meiner Kollegen sich – bisweilen – einzureden vermögen, dass jedes Mal, wenn sie ihr Zuhause verlassen und der Arbeit wegen in ein anderes Land oder eine andere Stadt reisen, das betreffende Land oder die betreffende Stadt nicht variieren, sondern immer dieselben sind. Mittels dieser Fiktion versuchen sie, zu der Vorstellung zu gelangen, dass sie keine völlig anormalen oder unsteten Wesen sind, dass sie sich, zum Beispiel, weder von jenen Universitätsprofessoren unterscheiden, die in einer Hauptstadt leben und in einer Provinzstadt unterrichten, wo sie die Lehrstunden auf zwei Tage in der Woche legen, noch von den Fußballspielern, die nur an den Sonnabenden und Sonntagen (und die internationalen an dem einen oder anderen Mittwoch) außer Haus sind, wohl aber von den professionellen Vortragsreisenden, den Tennisspielern, den Golfspielern, den Stierkämpfern während der Saison und den Handelsreisenden.

Während unserer Aufenthalte in den Städten versuchen wir daher – und selbst wenn wir es nicht versuchten, wäre es schwer, etwas anderes zu tun –, im Allgemeinen nur Umgang mit den Angehörigen unserer eigenen Zunft zu pflegen: mit den übrigen Interpreten der Oper, in der wir auftreten werden, mit den Mitgliedern des Chors (wenn es einen gibt), mit den Statisten und den Orchestermusikern, Leute, die sich ebenfalls überall ziemlich ähnlich sind, so dass auch sie uns nicht den unangenehmen und verwirrenden Umstand verdeutlichen, dass wir uns an einem Ort befinden, der ganz und gar nicht derselbe ist wie vor einigen Tagen oder vor einigen Wochen oder einigen Monaten oder gar einigen Jahren. Aber die Schwierigkeit, diese Illusion bis zu ihren letzten Konsequenzen durchzuhalten, besteht darin, dass wir, wäre der Ort tatsächlich bei allen Gelegenheiten derselbe (wie wir uns weiszumachen suchen), in diesem Fall zweifellos schon Freundschaften an ihm geschlossen hätten und ihn wie ein zweites Zuhause empfinden würden; oder mehr noch: wir *besäßen* an ihm ein zweites Zuhause und würden nicht in einem Hotel logieren. Aber da dies nicht so ist, gleicht unser Leben trotz aller Anstrengungen der Phantasie und aller Bequemlichkeiten, trotz des vielen Geldes, das wir verdienen, trotz der Blumensträuße, der Begrüßungen, der Ovationen und der Triumphe letztendlich im Wesentlichen dem der Handelsreisenden – die allerdings im Aussterben begriffen sind –, zumindest für die Dauer eines jeden unserer traurigen und einsamen Aufenthalte in den großen Hauptstädten der Welt. Und wir verbringen unser Leben damit, dass wir in ihnen vorübergehend unsere Zeit verbringen.

Aber ich bin nicht wie die Mehrheit der Sänger. Nach den langen, unbefriedigenden, oft ärgerlichen Proben missfällt mir nichts mehr als eben die Gesellschaft meiner Kollegen und der Orchestermusiker (erste Geige und Dirigent eingeschlossen), nicht nur, weil das Zusammensein mit ihnen weitgehend eine unbewusste Verlängerung der Arbeit darstellt, sondern weil man mit ihnen tatsächlich über nichts anderes als über diese Arbeit oder ihr Umfeld sprechen kann, also über Musik und die Welt der Musik, und über Musik zu sprechen ist etwas, in dem ich nie den geringsten Sinn gesehen habe, um nicht zu sagen, dass es mir immer ermüdend und unfruchtbar oder frustrierend und dumm erschienen ist. Entweder spricht man fachlich darüber, und das ist ermüdende und unfruchtbare Arbeit, oder man spricht sentimental darüber, und das ist frustrierendes und dummes Geschwätz. Die Wahrheit ist, dass meine Kollegen abgesehen davon nur für Unterhaltungen von Büroangestellten taugen, denn sie haben den Geist von Büroangestellten. Im Übrigen und im Gegensatz zur Mehrzahl bemerke ich gerne, dass ich an einem neuen und unbekannten Ort bin; gehe ich gerne in öffentliche Lokale, um mir zu vergegenwärtigen, dass man dort eine Sprache spricht, die ich unvollkommen beherrsche oder überhaupt nicht beherrsche; richte ich meine Aufmerksamkeit gerne auf die Kleidung und die Hüte (man sieht nicht mehr viele), die die Menschen auf der Straße tragen; stelle ich gerne fest, ob die Geschäfte während der Bürostunden leer oder voll sind; schaue ich mir gerne die Verteilung der Nachrichten in den Zeitungen an; betrachte ich gerne einheimische Gebäude, die man nur an diesem bestimmten Ort der Welt finden kann; studiere ich gerne die Drucktypen, die auf den Firmenschildern der Geschäfte vorherrschen (lese ich diese gerne wie ein Wilder, auch wenn ich nichts verstehe); forsche ich gerne in den Gesichtern in der Metro und in den Bussen, die ich mit dieser Absicht besteige; betrachte ich diese Gesichter gerne jedes für sich, stelle ich mir gerne vor, ob ich sie anderswo finden könnte oder nicht; verirre ich mich gerne bewusst in den Stadtvierteln, nachdem ich schon gelernt habe, mich in ihnen zu bewegen, das heißt mit dem Stadtplan in der Hand, wenn es nötig ist; nehme ich gerne den unnachahmlichen Rhythmus wahr, mit dem der Tag an jedem Punkt des Erdballs dahinwelkt, und den unschlüssigen und veränderlichen Augenblick, an dem die Lichter angehen; lenke ich meine Schritte gerne dorthin, wo sie keine Spur hinterlassen, auf den leuchtenden Asphalt der Morgenstunden oder auf irgendein staubiges und altertümliches Pflaster, das in der Abenddämmerung von einer einzigen Laterne erhellt wird; betrete ich gerne die Bars voll ununterscheidbaren Gemurmels, das glücklich ist in seiner Bedeutungslosigkeit und alles überdeckt und auslöscht; mische ich mich gerne unter die Menschen auf den weißen Straßen des Südens oder den grauen Alleen des Nordens in der sich neigenden Stunde des Spaziergangs oder des Rückzugs und der kurzen Ruhefrist; sehe ich gerne, wie die Frauen bei Einbruch der Dunkelheit oder vielleicht spät am Abend in eleganter Aufmachung ausgehen, sehe ich gerne, wie die verschiedenfarbigen Autos auf sie warten; stelle ich mir gerne ihre Abendvergnügungen vor; verliere ich gerne die Zeit. Und in jeder Stadt, in die ich mich begebe, würde ich gerne Menschen kennen, würde ich gerne diese Frauen kennen, die vielleicht so zurechtgemacht in ihre makellos lackierten Autos steigen, um in die Oper zu gehen und den Löwen von Neapel singen zu hören: um mich zu sehen.

Jetzt, da ich schon ziemlich berühmt bin, weil ich ab und zu in den Fernsehanstalten der Welt auftrete, ist es mir möglich, wohin ich auch reise, oberflächlich die eine oder andere Person kennenzulernen; fast immer jedoch Bewunderer, deren Zweifel und Uniformität mich langweilen. Aber vor vier Jahren, als ich mich noch mit Partien wie Spoletta, Trabuco, Dancairo und sogar Monostatos abfinden musste (letztere ist eine gute Partie, aber ich hasste es, mich als kahler Neger zu verkleiden), war es mir unmöglich, irgendeine Art von Beziehung mit den Bewohnern dieser Städte anzuknüpfen, und ich beschränkte mich darauf, sie zu betrachten, so wie man in der Anzeige einer ausländischen Zeitung, die man zu Hause liest, die Ankündigung einer Veranstaltung betrachtet. Trotz meiner Neigungen, meiner Neugier, meines Nonkonformismus habe ich deshalb oftmals am Ende kapituliert und ebenfalls das monotone, apathische und wenig phantasievolle Leben der Sänger geführt. Es erbitterte mich, dass ich mich mit der lokalen Bevölkerung nur im rein Physischen und Nebensächlichen vermischen konnte (ihren Raum teilen oder sie allenfalls in den öffentlichen Transportmitteln streifen konnte), dass ich nicht an den Geschäften und Bestrebungen teilhaben konnte, die sie vor meinen Augen entfalteten, noch an den entschlossenen, nachgerade mechanischen Bewegungen der Fußgänger und Autofahrer – die ein Ziel, ein Kalkül, eine Beschäftigung, Eile verraten –, welche an jedem Punkt der Hauptstadt und zu jeder Stunde, die ich für meine Irrwege wählte, unaufhörlich an mir vorbeizogen. Es ärgerte mich, dass ich nicht einer von ihnen war; es ärgerte mich, dass ich nicht ihre Seelen teilen konnte. Selbst die Hotelhalle, ihrer Bestimmung gemäß von fremden Besuchern, von Leuten überfüllt, die sich – wie ich – auf der Durchreise befinden, rief grenzenlose Unruhe und Neid in mir hervor: Alle, selbst diejenigen, die sichtlich warten, sich ausruhen oder die Zeit totschlagen, vermitteln den Eindruck, genau zu wissen, was sie vorhaben, alle wirken so beschäftigt, so entschlossen, so kurz davor, sich zu irgendeinem Ort zu begeben, dessen Existenz seinen Sinn daraus bezieht, dass er sie erwartet, so in Anspruch genommen durch ihre gegenwärtigen oder unmittelbar bevorstehenden oder geträumten oder geplanten Tätigkeiten, dass das Bewusstsein meiner Mußestunden mich ungeheuer deprimierte und ich mich während meiner Aufenthalte schließlich nur in jenem Moment am Morgen wohl fühlte, da ich selbst diese Halle mit einer Mappe voller Partituren und Anmerkungen durchquerte, um auf die Straße zu treten und mich zum Probesaal zu begeben, sowie in den wenigen Minuten, die mein Weg dorthin dauerte: Der einzige Moment des Tages, an dem mein Aussehen und mein Gang und mein Gebaren sich denen der anderen angleichen konnten, der einzige Moment, an dem auch ich, wie die glücklichen sesshaften Bewohner, gezwungen war, meine Schritte unausweichlich einem konkreten und vorher bestimmten Ort zuzulenken, der – was noch wichtiger war – im Voraus von einigen Mitgliedern (den Opernimpresarios) dieser geheimnisvollen und abweisenden Gemeinschaft festgesetzt worden war. Während ich diesem Weg folgte, ging ich rasch und entschieden, den Blick erhoben und geradeaus gerichtet, ohne stehen zu bleiben, es sei denn an den Ampeln, ohne mich von Gesichtern noch Gebäuden ablenken zu lassen, eingetaucht in die gedankenverlorene, anonyme, austauschbare morgendliche Masse, und wusste – endlich einmal –, wohin ich ging und wohin ich gehen musste. Ich genoss diesen einzigartigen, ebenso kurzen wie ersehnten Moment unermesslich, diesen Moment, an dem ich mich vor ihnen endlich als einer der Ihren ausgeben konnte, und verspürte daher nicht den geringsten Wunsch, jemanden kennenzulernen, den ich nicht schon kannte. Denn es ist anzunehmen, dass derjenige, der ständig in einer Stadt lebt, sein Quantum an Bekanntschaften – im Guten oder im Schlechten, befriedigend oder unbefriedigend – abgedeckt hat.

In den Mußestunden hingegen, wenn ich ins Hotel zurückgekehrt war, vor allem aber, wenn ich nach den Proben schon eine geraume Zeit fruchtlos durch die Stadt gewandert war – wobei ich mich immer als Bestandteil dessen fühlte, was man in den großen Hauptstädten fluktuierende Bevölkerung nennt –, blieb mir als einzige Möglichkeit, jemanden kennenzulernen, und wäre es auch ein Fremder oder ein Ausländer wie ich, die Halle und die Bar des Hotels, wo, wie ich schon sagte, im Allgemeinen die einzige Person, die zur Verfügung stand und Bereitschaft zeigte, eine irgendwie geartete Unterhaltung zu beginnen (ohne dass ein finanzielles oder sexuelles Interesse ins Spiel käme, was im Übrigen nicht unbedingt gute Wege sind, um Seelen zusammenzubringen), der Handelsreisende war, der zu ebendiesem Zeitpunkt beschlossen hatte, in ebendiesem

Luxushotel abzusteigen, um flüchtig festzustellen, dass selbst fern jedes Zuhauses und bei Leuten, die reisen, andere Leben existieren, in denen die Anzüge stets gebügelt sind, und damit seine extreme Verzweiflung zu vollenden und sich in seiner Rebellion oder in seinem Tod zu behaupten.

Aber all dies erschien nicht in meinem Traum heute Morgen, oder zumindest nicht so geordnet, wie ich es erzähle, es war vielmehr so, dass er in die Gefühle eingebettet war, die ich beschrieben habe, so wie diese Gefühle auch in der Stadt gegenwärtig gewesen waren und mich bedrückt hatten, die eine Zeitlang meine eigene gewesen war, in Madrid, als ich vor vier Jahren dorthin kam, um eine meiner bislang herausragendsten Partien zu singen, den Cassio in Verdis *Otello*. Ich erinnere mich, dass ich zwei volle Tage von diesen so unangenehmen Gefühlen beherrscht wurde, die in Madrid überdies dadurch verstärkt wurden, dass die Gebäude dort für mich weder eine Neuheit noch eine Wiederentdeckung bedeuteten, weshalb mich ihre Betrachtung bei meinen Spaziergängen nicht wie sonst zerstreute, und vor allem dadurch, dass ich mich als Besucher fühlte und gleichzeitig *wusste*, dass ich es am Ende doch nicht oder nicht im strengen Sinne war, und fürchtete, es könne geschehen, was mir in anderen Städten so wünschbar erschien: dass man mich aufgrund meiner unvermeidlichen Kundigkeit des Terrains, aufgrund meines Aussehens – vielleicht gar aufgrund meiner Gesichtszüge –, aufgrund meines nicht vorhandenen Akzents in meiner Muttersprache für einen Einheimischen oder einen Bewohner halten könnte. Alles wirkte auf mich seltsam bekannt und fremd oder vertraut und verwerflich, angefangen bei der prätentiösen und lächerlichen Haltung der Bewohner bis hin zum Schmutz und zur stickigen Luft fast aller Straßen, vom undisziplinierten – von Kriminellen regierten – Straßenverkehr mit seinen zahllosen Taxen (obwohl die Mehrzahl jetzt weiß statt schwarz war) bis zu den unbegreiflicherweise während der unpassendsten Zeiten überfüllten Bars, vom Geschrei und von den brüsken Manieren bis zu den anachronistischen Fassaden der Kinos mit ihren riesigen Plakaten und den allgegenwärtigen Wagen der Müllabfuhr. Alles abscheulich und mir zugehörig.

Vielleicht aufgrund dieser Ambivalenz, die meine Kontakte mit der ganzen Stadt beherrschte, dachte ich am dritten Abend in der Bar des Hotels – wo sich zumindest der Grad an Vertrautheit und Fremdheit in den gleichen Grenzen bewegt wie in allen Hauptstädten – länger als nötig darüber nach, ob die Person, mit der ich zusammentraf, während ich vor dem Schlafengehen ein Glas heiße Milch zu mir nahm, und von der mich zwei Meter leere Theke trennten, mir bekannter als gewöhnlich vorkam, weil es sich um ein Gesicht handelte, das aus meiner fernen Madrider Vergangenheit stammte, und diese Person – zum Beispiel – dort zufällig verabredet war, oder weil sie nahezu vollständig die gängigsten Merkmale der Handelsreisenden auf ihrer Reise in den Untergang in sich vereinte: einen leuchtenden, lebhaften Blick, wie von jemandem, der plötzlich alle Skrupel verloren hat oder die Heraufkunft einer einzigartigen Erfahrung verzögert, über deren Beschaffenheit er entscheidet; eine leicht abgetragene Kleidung, die auf den ersten Blick neu wirkt: zu rasch, das heißt ohne Übergänge in Ordnung gebracht; eine Gier nach Alkohol, von der man ahnt, dass sie frisch ist, vergleichbar nur der von Menschen aus dem Norden am Vorabend von Feiertagen oder der von Nordamerikanern, wenn sie sich entschließen, an einer Theke Platz zu nehmen, welche in ihrer Vorstellung offenbar untrennbar mit dem Konsum von Alkohol als Prozess und Ziel verbunden ist; eine unverhohlene Bereitschaft zum Dialog, die gleichwohl nichts zu tun hat mit der Geschwätzigkeit mancher Trinker – denn die Reisenden wahren sorgsam den Anstand bis zur Stunde des Ausbruchs, aus Furcht, vor der Zeit entdeckt zu werden, egal wie betrunken sie sind – und die nur erkennbar ist an den raschen, ungeduldigen Blicken, die sie dem hochmütigen Barmann oder irgendeinem Gast zuwerfen; die fast immer herabgerutschten oder zumindest locker sitzenden Socken, denn für sie hat die chemische Reinigung nichts tun können; die Haltung der Hände, die oft in einer Gebärde der Unsicherheit auf dem Tisch oder auf der Theke verschränkt liegen – Nachhall der Bitten, von denen man nie weiß, ob sie erhört werden –, eine Geste, in der auch ich bisweilen eine momentane Erleichterung für meine latenten Verzweiflungen gefunden habe. Es waren die Hände dieser Person, zierlich wie die Hände, die gewöhnlich aus den kleinen Spitzenmanschetten der

Bilder oder Kostüme des achtzehnten Jahrhunderts herausragen, die mir nach einigen Minuten unwillkürlicher, verstohlener Blicke und angestrengten Nachdenkens erlaubten, sie als das Individuum zu identifizieren, das vor vier oder fünf Tagen mein Gegenüber im Zug gewesen war. Ich hatte diesen Mann mit dem ungewöhnlichen Aussehen nicht sofort wiedererkannt, waren mir doch beim ersten Mal, als ich ihn gesehen hatte, die beiden Dinge verborgen geblieben, die ich jetzt, während er mir zunächst beharrliche Seitenblicke zuwarf, und dann, als er sich schließlich mir zuwandte und das Wort an mich richtete, wobei unser gegenseitiges Wiedererkennen fast gleichzeitig erfolgte, wie mir schien, ungehindert betrachten konnte und die in der Tat besonders auffällig waren (mehr noch als sein perverses Jackett, mehr als sein ausladender Kopf, mehr als sein dünkelhafter Geruch): seine unbestreitbar hervorquellenden Augen und das hohe, gewölbte Zahnfleisch, das sein kurzes, herzliches Lächeln sogleich entblößte.

»Sie«, sagte er zu mir, während er mit einer Bewegung des winzigen Fingers, die mir übertrieben vertraulich erschien angesichts des Umstands, dass es sich um einen Unbekannten handelte, auf mein Kinn wies: »Sie waren vor einigen Tagen im gleichen Zug wie wir, nicht wahr?« Und er fügte hinzu, ohne mir Zeit zu einer Antwort oder Bestätigung zu lassen: »Erinnern Sie sich nicht an mich?«

Diese beiden Sätze – Wort für Wort, wie sie gesagt wurden, nur hörte ich das Wort *wir* langsamer als damals – kehrten ein ums andere Mal in meinem Traum heute Morgen wieder, während ich – allerdings, wie ich meine, in Schwarzweiß – das vergnügte und offenherzige Lächeln Datos sah, der in der einen Hand ein fast schon leeres Glas mit Whisky hielt und mit der anderen erfreut und ungeniert wie jemand, der endlich die Person vor sich sieht, auf die er lange gewartet hat, noch immer auf mein Kinn zielte. Ja, ich erinnerte mich an ihn. Ich erinnerte mich an ihn. Ich weiß nicht, warum sich das selektive Gedächtnis der Träume so sehr von dem unserer wachen Sinne unterscheidet, denn ich vermag nicht an jene gerechtigkeitsliebenden Erklärungen zu glauben, denen zufolge in Ersteren in unterschiedlichen Verkleidungen das auftaucht, was Letztere unterdrücken. Es gibt in diesem Glauben ein Element, das mir allzu religiös erscheint, eine vage Vorstellung von Wiedergutmachung, und ich kann nicht umhin, darin die Spur von Dingen zu sehen wie Warnung vor dem Bösen, taube Ohren, Unterdrückung der Gerechten, Kampf der Gegensätze, Wahrheit, die ihrer Offenbarung harrt, und die Auffassung, dass es einen Teil von uns gibt, der in unmittelbarer Verbindung mit den Gottheiten steht als unsere Urteilskraft. Und deshalb neige ich eher zu dem Glauben, dass die hartnäckigen Stillstände der Zeit in den Träumen zivilisiert sind, konventionelle Ruhepausen dramatischen oder erzählerischen oder rhythmischen Charakters, wie das Ende eines Kapitels oder die Zwischenakte, wie die Zigarette, die man nach dem Mittagessen raucht, die Minuten, die man mit dem Durchblättern der Tageszeitung verbringt, bevor man sich seinen Beschäftigungen zuwendet, das Atemholen, das der Lektüre eines gefürchteten Briefes vorausgeht oder der letzte Blick in den Spiegel vor dem abendlichen Ausgehen. Oder vielleicht sind sie auf den Zweifel zurückzuführen, denn die geträumte Wahrheit und der geträumte Gedankengang entfalten sich nicht immer so entschieden, wie man ihnen nachsagt. In manchen Träumen gibt es, wie im hellen Tageslicht, Zögern, Zurückweichen, Berichtigung und tote Zeiten. Bisweilen muss man sich sogar die Zeit vertreiben, um die Träume zu kanalisieren, das heißt diese Zeit bewusst totschlagen. Ich bin nicht allzu weit von den Überzeugungen mancher Schriftsteller der Antike entfernt und sehe wie sie in den Träumen nicht nur Vorahnungen und Warnungen an uns selbst, sondern auch Intuitionen und Erklärungen, die nicht unvereinbar sind mit dem wachen Bewusstsein, explizite Kommentare – so metaphorisch sie auch sein mögen: es liegt kein Widerspruch darin – über die Welt, über dieselbe und eine Welt, die den Tag beherbergt, so fremd uns auch am Morgen der nächtliche Bereich erscheinen mag. Ich habe zum Beispiel geträumt, dass ich Wagner sang, den ich niemals singen werde oder den ich zumindest nicht singen sollte, weil meine Stimme sich nicht dafür eignet und ich auch nicht über die notwendige Spezialisierung verfüge. Gleichwohl könnte ich Wagner im hellen Tageslicht singen, wenn ich hartnäckig darauf bestünde, oder mehr noch, im hellen Tageslicht kann ich mich vollkommen ganzer Wagnerpartien entsinnen, die ich nicht einmal allein vor mich hin zu trällern versuche, während ich mich rasiere; aber ich *kann* sie denken, auch wenn ich nicht in der

Lage bin, sie wiederzugeben, so wie es jeder tun kann, der kein Sänger ist, aber ein gutes Gedächtnis besitzt, wie es sogar ein Handelsreisender tun könnte, wenn er sie kennen würde. Dies tue ich bei wachen Sinnen, und ich singe oder singe nicht in dem gleichen Maße, wie ich es tue oder lasse, wenn ich träume, dass ich Wagner singe. Und gestern Nacht träumte ich, was mir vor vier Jahren in der Wirklichkeit passiert ist, wenn denn dieser Begriff zu etwas taugt oder sich gegen etwas anderes abgrenzen lässt. Natürlich gab es Unterschiede, denn obwohl die Tatsachen und meine Sicht der Geschichte übereinstimmen, träumte ich das Geschehen in anderer Reihenfolge, mit einer anderen Zeit, mit anderen zeitlichen Zäsuren und Einteilungen, konzentriert, selektiv und – das ist das Entscheidende und Inkongruente – während ich bereits wusste, was geschehen war, während ich zum Beispiel den Namen, den Charakter und die Handlungsweise Datos kannte, bevor in meinem Traum unsere erste Begegnung stattgefunden hatte. Das Merkwürdige ist, dass in meinem Traum eine Aufeinanderfolge stattfand, während in meinem Kopf schon eine Synthese existierte. Freilich ist wahr, dass ich, während ich träumte, nicht wusste, ob mein Traum sich in einem bestimmten Augenblick von dem vier Jahre alten Geschehen entfernen oder sich bis zum Ende daran halten würde, wie es dann schließlich geschah und wie ich jetzt, da der Morgen voranschreitet, weiß und sagen kann. Es ist aber auch wahr, dass ich jetzt nicht weiß, inwieweit ich das Geschehen und in welchem Maße meinen Traum des Geschehens erzähle, obwohl beide Dinge mir ein und dasselbe zu sein scheinen. Ich las einmal im Buch eines Deutschen, dass Menschen, die nicht frühstücken, die Berührung mit dem Tag vermeiden und sich nicht in ihn hineinbegeben wollen, denn eigentlich gelinge es einem nur durch das zweite Erwachen, das des Magens, völlig aus dem Halbdunkel und dem nächtlichen Bereich herauszufinden, und erst nachdem man heil und unversehrt ans andere Ufer gelangt sei, könne man sich erlauben, das Geträumte zu erzählen, ohne dass dies Kalamitäten mit sich bringe, erzähle man es nämlich nüchtern, dann stehe man noch immer unter der Herrschaft des Traumes und verrate ihn mit seinen Worten und setze sich damit seiner Rache aus. Und man erzähle ihn, als spräche man im Schlaf. Hinter dieser Vorstellung mit ihren unbestreitbar volkstümlichen Wurzeln verbirgt sich nicht anders als hinter denen, die von Psychiatern, Psychologen, Psychoanalytikern, Psychotherapeuten und sonstigen Usurpatoren des Wortes *Psyche* gehandhabt werden, eine grenzenlose Verachtung für den Traum – unter dem Vorwand, ihn sehr ernst zu nehmen –, denn sie geht davon aus, dass es zwei getrennte Welten gibt, die des Traums und die des Wachseins, oder, was schlimmer ist, zwei verfeindete, gegensätzliche, einander misstrauende Welten, die bereit sind, ihre Reichtümer und Kenntnisse voreinander zu verbergen und sie erst nach der gewaltsamen Besitznahme, der erzwungenen Bekehrung, der erobernden Deutung eines der beiden Territorien zu teilen oder zu vereinigen, mit der Besonderheit, dass der Einzige, der unter dieser Unterwerfungssucht leidet, der Einzige, den dieser Eroberungsgeist ereilt, der Bereich des Tages ist. Aber was ich eigentlich gestehen wollte, ist, dass ich, obwohl ich diese Vorstellung nicht akzeptiere, für alle Fälle beschlossen habe, heute Morgen nicht zu frühstücken, in der Hoffnung, beides erzählen zu können, das Geschehen und den Traum des Geschehens, weil ich sie nicht unterscheide. Deshalb habe ich noch nichts gegessen, und es wird sich zeigen, wann ich es tun werde.

Und doch widerstrebt es mir, euch alles zu erzählen. Ein armer Tenor, der Angst vor seiner eigenen Erzählung oder seinen eigenen Träumen hat, so als würde die Verwendung von Worten statt Text, von nicht diktierten Vokabeln, von erfundenen Sätzen statt schon geschriebenen, gelernten, memorierten, sich wiederholenden seine mächtige Stimme lähmen, die bislang nur den rezitativen Stil gekannt hat. Es fällt mir schwer, ohne Libretto zu sprechen.

Ich war damals kein ganz freier Mann, und ich weiß nicht und werde es wohl niemals wissen, warum ich Dato angelogen habe, als er mich an jenem Abend in der Bar des Hotels nach meiner persönlichen Situation fragte. Es war nicht eine seiner ersten Fragen, aber das ist egal: Ich konnte noch nicht ahnen, was er mir vorschlagen würde, ohne zu sagen, dass er es mir vorschlug. Und hätte ich die Wahrheit nicht verheimlicht, dann hätte er mir vielleicht nichts vorgeschlagen.

»Sie sind also Sänger. Ich hätte es mir denken können bei diesem mächtigen Brustkorb, diesen Schultern, diesen Brustmuskeln, der ganzen stattlichen Erscheinung. Sie sind das lebendige Bild eines Sängers, hat man Ihnen das nie gesagt? Ich verstehe nicht viel von Musik, aber sie gefällt mir, jede Musik, egal welche, es stört mich nie auch nur im Geringsten, Musik zu hören, gleich was ich tue, wirklich, an jedem Ort und in jeder Situation. Und das muss ein aufregendes Leben sein, nicht wahr?«

Bis zu dem Augenblick, da ich in Bezug auf meine Situation log, sagte ich ihm die Wahrheit, obwohl mir die Manieren Datos von Anfang an schwer erträglich und seine Kommentare völlig trivial erschienen, so sehr, dass ich in dem Augenblick, da ich mich anschickte, darauf zu antworten, dachte, ob es sich wirklich für mich lohnte, mich im Austausch für ein wenig Gesellschaft in der Stadt, die einst meine eigene gewesen war, auf eine abgeschmackte und schon tausendmal geführte Unterhaltung einzulassen, die (wie man schon sah) von der charakteristischen Unverschämtheit der Ignoranz geprägt war. Aber trotz der Ungehobeltheit seiner Umgangsformen und seiner ersten Sätze besaß dieser Mensch (den ich überhaupt nicht mehr für einen Handelsreisenden hielt: zu sorglos, die Stimme und das Gebaren zu gedämpft, die Kleidung, recht betrachtet, zu teuer) etwas, was Neugierde weckte und zugleich Vertrauen einflößte. Ungeachtet seines prosaischen Tones waren seine äußere Erscheinung und sein Gesichtsausdruck nach wie vor unwirklich oder zu offenkundig, wie eine Karikatur von Daumier. Er lächelte ständig unbefangen und zeigte dabei das kräftige Zahnfleisch, das so stark gewölbt war, dass es in jedem Augenblick platzen zu wollen schien, und bewegte lebhaft seine Miniaturhände.

»Na ja, aufregend wäre zu viel gesagt. Es ist abwechslungsreich, interessant, die vielen Ortswechsel lassen einen nicht einrosten. Aber glauben Sie ja nicht, es ist auch ein einsames und hartes Leben. Sehr zerrissen, durch die vielen Reisen.« Und ich erzählte ihm kurz (aber vehement) von meinem Verdruss und meiner Unzufriedenheit, von meiner unvollkommenen oder latenten Verzweiflung, um ihm dann die nunmehr obligate Frage zu stellen: »Und Sie, was machen Sie?«

Ich habe gesagt, dass ich zu diesem Zeitpunkt, genau genommen in dem Augenblick, da ich ihn als den Mann aus dem Zug wiedererkannte, der sich so aufmerksam in der Fensterscheibe betrachtet hatte, bereits ausgeschlossen hatte, dass es sich um einen Handelsreisenden handeln könnte; aber abgesehen von dem, was ich bei jener Gelegenheit gedacht hatte (ohne große Überzeugung und ohne die Sache weiter zu vertiefen, ein mittlerer Unternehmer), hatte ich mich nicht damit aufgehalten, darüber nachzudenken, welcher Tätigkeit er in diesem Fall nachgehen mochte. Natürlich hätte ich nie geahnt, was er mir antworten würde: »Ich bin Begleiter. Wundern Sie sich nicht. Das steht nicht in meinem Pass, das wäre auch nicht meine Berufsbezeichnung, nehme ich an, sondern eher Privatsekretär, Börsenberater, Vertreter der Firma Manur auf der Iberischen Halbinsel, was Sie lieber haben. Seinerzeit war ich Börsenmakler, und das prägt, gewiss, das hinterlässt seine Spuren, was wollen Sie? Aber in Wirklichkeit bin ich Begleiter.

In meinem Alter lohnt es sich nicht mehr, den großen Mann zu spielen und die Wahrheit zu verschleiern. Und die Wahrheit ist, dass ich weiter nichts bin als ein Begleiter. Allerdings ein gut bezahlter.«

Ich fragte mich noch immer, ob diese Unterhaltung mich interessierte oder nicht, so dass ich nicht sogleich antwortete und in einem Zug das Glas Milch austrank, das noch unberührt vor mir stand, was Dato ausnutzte, um eine weitere unpassende Bemerkung zu machen: »Sie müssen bestimmt auf Ihren Hals achten und dürfen nichts Kaltes trinken, nicht wahr? Noch einen Whisky, bitte.«

»Ja«, antwortete ich automatisch. »Sich nicht den Hals erkälten, das ist grundlegend. Zum Beispiel nehme ich mir bis weit in den Juni hinein selten den Schal ab, und auch dann nur, wenn es das Wetter zulässt.«

»Was Sie nicht sagen. Und wann fangen Sie an, ihn zu tragen?«

»Im September, fast in den ersten Tagen, im Allgemeinen. Wenn Sie einmal einen jungen Mann sehen, der Ende Juni oder in den ersten Septembertagen einen Schal trägt, dann können Sie sicher sein, dass es ein Sänger ist. Es ist ein undankbares Leben, ich sagte es Ihnen schon, mit vielen Zwängen und vielen Pflichten. Wir können uns nicht einmal einen einfachen Schnupfen erlauben, das wäre eine Katastrophe, wie Sie sich denken können, denn selbst wenn er rasch ausheilt, ist man erst nach vier oder fünf Wochen wieder in perfekter Verfassung. Und während dieser Zeit erfüllen wir unsere Verträge nicht oder schlecht und verlieren Geld oder unseren Ruf. Aber sagen Sie mir«, und ich brachte die Unterhaltung wieder auf den einzigen Punkt, der bislang meine Aufmerksamkeit erregt hatte: Es erregte meine Aufmerksamkeit, dass in der Einsamkeit der Stadt, die einmal meine eigene gewesen war, mir jemand Gesellschaft leistete, der behauptete, ausgerechnet ein professioneller Begleiter zu sein, »worin besteht die Tätigkeit eines Begleiters? Wen begleiten Sie? Und wie machen Sie das? Verdingen Sie sich?«

Dato lächelte ein noch breiteres Lächeln als zuvor (er war ein sympathischer Mann oder einer, der es sein wollte) und bewegte verneinend eine seiner zarten Hände, bevor er mit ihr das neue Glas ergriff.

»Nein, Sie haben mich nicht verstanden. Ich bin nicht das, was man eine Gesellschaftsdame nennt, wenn Sie das meinen: Sie wissen schon, eine dieser nichtssagenden, eilfertigen und unnachgiebigen Frauen, die Kranke pflegen oder im Film alten Schachteln zur Seite stehen. Ich will damit sagen, dass das, was ich trotz meiner theoretischen Aufgaben (als Börsenberater und Sonstiges) am meisten tue, wofür man mich am meisten benötigt und benutzt, das Begleiten von denen ist, die mich beschäftigen. Haben Sie sie nicht gesehen? Haben Sie nicht auf sie geachtet? Sie sind im Zug mit mir gereist.«

Natürlich hatte ich sie gesehen und beobachtet und analysiert und sogar definiert: ein Ausbeuter und eine Unglückselige, ein Potentat und eine Melancholikerin, ein Ehrgeizling und eine Zerrüttete. So waren sie mir vorgekommen, und ich hatte tatsächlich hin und wieder an sie gedacht, seit ich sie gesehen hatte. Ja, ich habe geträumt, dass ich mich in diesem Augenblick meiner Unterhaltung mit Dato erinnerte oder mir eingestand, ihnen während der ersten drei Tage meines Aufenthalts in Madrid, als ich im Teatro de la Zarzuela mit den Proben für die Partie des Cassio in Verdis *Otello* begann, ein paar flüchtige Gedanken gewidmet zu haben. Ihr Gedanken gewidmet zu haben. Natürlich hatte ich sie gesehen, natürlich hatte ich auf sie geachtet, aber ich weiß nicht so recht, warum – oder vielleicht weiß ich jetzt genau, warum –, ich tat, als müsste ich einige Sekunden überlegen.

»Ach, ein Paar, er sehr … imposant?« Ich hatte nicht das Wort *imposant* verwenden wollen, das so oft für die äußerliche Erscheinung benutzt wird: Ich hatte ein Adjektiv verwenden wollen, das ihn moralisch definierte, aber in jenem Augenblick fiel mir kein besseres ein, das nicht beleidigend gewesen wäre.

»Das haben Sie sehr gut gesagt, er ist imposant. Herr Manur ist sehr imposant. Sie hingegen ist ein trauriges Kapitel. Natürlich nicht, was das Aussehen betrifft, sie ist sehr attraktiv und elegant, aber sie ist ein Wrack, eine sehr unglückliche Person. Und sie ist es natürlich, die ich hauptsächlich begleite, sowohl zu Hause, in Brüssel (er ist Belgier, wissen Sie?, wir leben in Brüssel), als auch auf den Reisen, die wir von Zeit zu Zeit unternehmen, so wie jetzt. Vor allem während der Reisen. Sie hat keine Zukunftsperspektive und langweilt sich, wissen Sie? Sie leidet, sie ist niemals froh, und von ihrer Warte aus gesehen fehlt es ihr nicht an Gründen. Ich muss sie zerstreuen und alles tun, damit sie sich so wenig wie möglich langweilt und leidet, damit sie Herrn Manur nicht zu viele Probleme bereitet, damit sie nicht so missvergnügt ist, damit sie sich auf die Gegenwart konzentriert, damit sie nicht der Schwermut verfällt. Ich höre mir ihre Klagen und ihre Bekenntnisse an, ich tröste sie mit meinen Überlegungen, ich bitte sie um Geduld in meinem Namen und auch im Namen von Herrn Manur, ich führe ihr neben den Nachteilen auch die Vorteile vor Augen; und ich begleite sie ins Kino, in eine Ausstellung, ins Theater, in die Oper, in ein Konzert; sie hat eine Vorliebe für alte Bücher und alte Dinge im Allgemeinen, und ich konsultiere, *studiere* dicke Kataloge der angesehensten Buchhändler von Paris, London, New York, und ich bestelle die ausgefallensten und am höchsten gehandelten Bücher für sie, seltene und teure Ausgaben, immer Werke, die sie interessieren könnten; und ich gehe mit ihr zu Versteigerungen, wo ich das Wort führe und den Finger hebe oder das vereinbarte Zeichen mache und wo wir nicht nur Bilder kaufen, sondern auch Möbel, kleine Skulpturen, Geschirr, den einen oder anderen Teppich, Wanduhren, Brieföffner, Kästchen, Briefbeschwerer, Stiche, Bilderrahmen, Figuren, alles, was man sich vorstellen kann, alles erlesen, alles uralt und von tadellosem Geschmack. Ich tue, was in meiner Macht steht, aber so viel Phantasie habe ich auch nicht all die Jahre hindurch, und außerdem bin ich müde, sehr müde. Ich weiß, welches ihre Leiden sind, ich kenne sie auswendig, und sie kennt auch meine Argumente, meine Mittel, mein Zureden auswendig.«

Dato machte eine Pause, um aus seinem Glas zu

trinken. Es war offensichtlich, dass er eine Klage angestimmt hatte, aber weder seine Stimme noch seine Gesten, noch sein gefälliges Lächeln hatten sich mehr als eine winzige Spur verändert. Es war, als würde auch er rezitieren, ein Lamento, die Einführung zu einer Arie. Denn in seinem Ton lag auch nicht der leiseste Anflug von Spott, nicht einmal von Ironie. Das heißt, jene Frau wurde mit Ernst und ohne Groll betrachtet, vielleicht weil sie, wie es schien – dachte ich –, selbst gegen seinen Willen die Beschäftigung seines Lebens darstellte.

»Der einzige Ort der Welt, an dem sie sich gewöhnlich wohl fühlte, an dem sie auf alles verzichten konnte und damit auch auf mich (volontiers!), der einzige Ort, an den sie eine unabhängige Erinnerung aus der Zeit vor ihrer verhängnisvollen Ehe bewahrte, war Madrid, die Stadt, aus der sie stammt, aus der sie vor zwölf oder fünfzehn Jahren herausgerissen wurde und wo bis vor wenigen Monaten noch ihr Bruder lebte. Wenn wir nach Madrid kamen (und da die Firma Manur hier traditionsgemäß viele Geschäftsinteressen hat, kamen wir häufig), konnte ich mich ausruhen und mich anderen Dingen widmen. Herr Manur beschäftigt sich wie immer und überall mit seinen zahlreichen Finanzangelegenheiten (er ist Bankier, wissen Sie?), und Natalia, seine Frau (sie heißt Natalia, wissen Sie?), war zu jeder Stunde des Tages mit ihrem Bruder zusammen. Das waren die einzigen Zeiten, da man sie froh sah, fast befreit von ihrer Melancholie, fast gleichgültig gegenüber Manur, fast liebenswürdig zu Manur, wenn sie ab und zu seinen Weg in der Hotelhalle kreuzte oder sie gemeinsam zu einem förmlichen Abendessen gehen mussten, im Übrigen fast immer in Begleitung von Monte, ihrem Bruder. Und was passiert jetzt? Monte ist nicht mehr in Madrid, er lebt jetzt in Amerika (in Amerika, ausgerechnet!), und seit drei Tagen, seitdem wir hier sind, ist Natalia missvergnügter und deprimierter denn je; zum ersten Mal kommt sie nach Madrid, ohne dass Monte hier ist, und sie langweilt sich und verzehrt sich und leidet mehr denn je (und aus doppeltem Grund), und das in einem Augenblick, da meine Reserven erschöpft sind, da ich nicht mehr weiß, wie ich sie zerstreuen noch was ich tun soll, um ihr ein kleines Lächeln zu entlocken, wenigstens während der förmlichen Abendessen. Ich weiß nicht mehr, wie ich sie ins Gebet nehmen soll. Ich kann ein geistreicher Mensch sein, wenn ich es darauf anlege, wissen Sie? Ich kann ungeheuer geistreich sein, aber sie kennt schon all meine Scherze, all meine Witze, den Stil meiner Einfälle, sie sieht sogar voraus, wann ich etwas Geistreiches sagen werde. Sie kennt meine Mechanismen, und sie kennt die Stadt, hier wurde sie geboren. Ich werde sie nicht in den Prado oder zur Plaza Mayor führen, so als könnte das etwas Neues für sie sein. Außerdem habe ich nicht die geringste Unterstützung: Ihr bleiben keine Freundschaften mehr aus den Jugendjahren, sie ist hier mit neunzehn oder zwanzig Jahren weggegangen, die Leute sind sehr beschäftigt; sie hat all die Jahre lang niemandem geschrieben und niemanden angerufen, und Kontakte muss man pflegen; und das Einzige, was sie weiß, ist, dass sie in dieser Stadt, in ihrer eigenen Stadt, nicht existiert; sie existierte (wenn sie kam) nur durch Monte. Sie kennt Leute, die ihr Bruder ihr vorgestellt hat, aber diese Leute werden sie nicht ohne ihren Bruder sehen, Sie wissen ja, wie die Sitten sind, unverrückbar, und wie wenig neugierig die Menschen sind. Und jetzt befinde ich mich in der Situation, dass ich dort, wo gewöhnlich meine Ferien stattfinden, meine Ferien als Begleiter, mehr denn je arbeiten und meine Phantasie anstrengen muss; ich muss sie fast ständig begleiten, vor allem bei ihren endlosen Spaziergängen durch Stadtteile, die sie zweifellos tausendmal gesehen hat und ganz genau kennt. Mich ermüden sie bis zur Erschöpfung. Ich bin nicht mehr in dem Alter, so viel zu laufen. Außerdem ist Madrid, wenn es will, eine sehr feindselige Stadt, und ich sehe mich gezwungen, stundenlang durch eine feindselige Stadt zu laufen und dabei dauernd stehen zu bleiben (sie betrachtet ständig die Schaufenster und die Gebäude), und das strengt am meisten an. Was meine traditionelle Ruhepause war, ist zur schlimmsten Zeit geworden, zur schlimmsten Reise des ganzen Jahres.«

Dato trank seinen zweiten Whisky aus und bestellte noch einen halben. Sein voluminöses, krauses Haar schien sich durch die verhaltene Erregung, mit der er sprach, ausgedehnt oder aufgebläht zu haben. Nach wie vor befand sich niemand sonst in der Hotelbar, nur er und ich vor dem unsichtbar anwesenden Barkeeper. Dato wies mit einer seiner dem achtzehnten Jahrhundert entstammenden Hände auf die Tür: »In wenigen Minuten wird sie durch diese Tür kommen, und sie wird mir nicht erlauben, dass ich schlafen gehe oder dass ich mein Gespräch mit Ihnen fortsetze. Nein, sie wird mich bitten, sie wird mir befehlen, dass ich sie zu einem letzten Gang um den Block begleite, weil die Nacht so schön ist, oder sie wird etwas mit mir trinken wollen, um mir zu erzählen, wie übel es ihr bei dem Abendessen ergangen ist (heute Abend hat Herr Manur sie zu einem Abendessen mit Ehepaaren mitgenommen, das auch ein geschäftliches Abendessen und ein förmliches Abendessen war). Und währenddessen wird Herr Manur schlafen gehen, um morgen frisch zu sein und sich eifrig seinen zahlreichen Angelegenheiten und Beschäftigungen widmen zu können. Was mich dagegen betrifft, da ich ein Nichtsnutz bin (in Wirklichkeit bin ich ein Nichtsnutz), kann man ohne weiteres auf meine theoretischen Dienste verzichten; Manur kann alles ohne meine Mithilfe tun, und ich bin nützlicher und wertvoller, wenn ich Natalia begleite, damit sie sich nicht langweilt und nicht leidet und nicht völlig missvergnügt ist. Verstehen Sie? Sehen Sie die Sache? Ich bin ein Begleiter und weiter nichts als ein Begleiter, und beide, Natalia und Manur, wissen, dass ich dafür bezahlt werde, ausschließlich, und das machen sie geltend. Ich weiß es auch. Sehen Sie? Sie beklagen sich über Ihre Einsamkeit; ich dagegen beklage mich über meine Gesellschaft. Sie beklagen sich über die zu große Zerrissenheit und Wechselhaftigkeit Ihres Lebens: Ich dagegen beklage mich über die zu große Konzentration und Monotonie des meinen. Natalia Manur begleiten, darin besteht mein Leben in diesen letzten Jahren, das ist der wahre Inhalt meiner gegenwärtigen Existenz. Sie ist natürlich eine äußerst angenehme Person, wenn auch melancholisch, aber nur ein Ehemann oder ein Liebhaber oder vielleicht ein Bruder können eine Frau unbegrenzt und bedingungslos begleiten, glauben Sie nicht? Ich bin weder ihr Ehemann noch ihr Liebhaber und auch nicht ihr Bruder. Herr Manur ist ihr Ehemann, und Monte ist ihr Bruder, und sie hat keine Liebhaber, so unglaublich das auch scheinen mag. Es ist widersinnig in ihrer Situation, aber unglücklicherweise hat sie keine.«

Dato hatte die letzten Worte mit großer Überzeugung gesagt, als wollte er – denke ich jetzt – Ungläubigkeit in mir hervorrufen.

»Wie können Sie so sicher sein? Erzählt sie Ihnen denn so viel?«, sagte ich in der Tat ungläubig.

»Sehen Sie, ich weiß nicht, ob sie mir alles erzählt, aber es ist ein wenig so, als ob das, was sie mir nicht erzählt, nicht existieren würde. Wenn es für mich nicht existiert, dann existiert es auch nicht für Herrn Manur, und wenn es nicht für ihn existiert, dann existiert es auch nicht für mich. Ich weiß nicht, ob Sie mich verstehen.«

»Ich glaube nicht.«

Dato schien überhaupt nicht zu befürchten, dass er zu viel reden könnte. In meinem Traum heute Morgen ist er mir während dieser wiederkehrenden Unterhaltung wie ein geduldiger und entschlossener Mensch erschienen. Entschlossen, mir mit viel Geduld und zur gebührenden Zeit all das zu erzählen, was ich nicht wusste.

»Herr Manur bezahlt mir mein Gehalt und erwartet von mir, wie Sie sich denken können, dass ich ihm jede wichtige Neuigkeit in Bezug auf seine Frau mitteile. Wenn jemand über das Bescheid weiß, was Natalia Manur widerfährt oder nicht widerfährt, dann bin selbstverständlich ich das (da ich seit etlichen Jahren ihr fast ständiger Begleiter und ihr wahrscheinlich einziger Vertrauter bin, können Sie sicher sein, dass ich das bin). Gleichzeitig weiß Natalia, welches meine theoretischen oder offiziellen Pflichten und Loyalitäten sind, und Sie werden mir sagen (und Sie haben recht), dass sie mir deshalb nichts erzählen wird, von dem sie nicht will, dass Herr Manur es erfährt. Von der anderen Warte aus betrachtet, ist jedoch anzunehmen, dass ich alles über Natalia wissen muss, wie ich Ihnen schon sagte, zumindest alles Wichtige. Und da ich nicht weiß, dass sie Liebhaber hätte (was normalerweise von Wichtigkeit wäre), ist daraus zu schließen, dass sie keine hat. Denn in Wirklichkeit, wenn wir einmal die Vermutungen beiseitelassen, weiß ich nur, was man mir erzählt. Das ist das Einzige, was ich wissen kann und das Einzige, was man von mir verlangen kann. Verstehen Sie mich jetzt?«

»Nicht ganz«, beharrte ich, obwohl ich zu begreifen begann, dass Dato mir damit ein Eingeständnis seines Doppelspiels anbot. Er schien mit leichter Ungeduld auf meine Antwort zu warten, aber es war nur eine Sekunde (der Mund plötzlich ausdruckslos und geschlossen, wie ich ihn im Zug gesehen hatte; die forschenden Augen noch weiter hervorquellend als zuvor), und er lächelte sogleich wieder sein offenes Lächeln.

»Sind Sie verheiratet?«

»Nein«, sagte ich rasch, und obwohl es stimmte, dass

ich vor keinem Gesetz verheiratet war, dachte ich sofort, dass ich gelogen hatte, und dachte sofort an Berta, die vor vier Jahren schon seit einem Jahr mit mir zusammenlebte. (Ja, auch wenn ich mich jetzt nicht gern daran erinnere, auch wenn ich vorziehen würde, es wäre nicht so gewesen, so hat Berta doch einige Zeit mit mir zusammengelebt: Und immer wartete sie zu Hause auf mich, wenn ich von meinen Opernreisen zurückkehrte, die, wie ich bereits erwähnte, zur damaligen Zeit schon recht zahlreich waren.) Das heißt, ich log, obwohl ich nicht log, und ich kann mich nicht der Frage erwehren, wie ich schon gesagt habe, ob es eine entscheidende Lüge war. Vielleicht war es das nicht. Jedenfalls hat das während dieser Jahre keine große Rolle gespielt oder, genauer gesagt, da ich jetzt nicht mehr träume und mein Traum zu Ende ist, spielt es heute Morgen keine große Rolle.

»Sind Sie nie verheiratet gewesen?«

»Nein«, verneinte ich abermals, und ich vermute wirklich, dass ich überhaupt nicht log.

Dato trank wieder aus seinem Glas, während er die Spiegelwand hinter der Theke betrachtete, und in ihr sah er zweifellos Natalia Manur hereinkommen, denn er drehte sich unverzüglich um und sagte leise und hastig zu mir: »(Da ist sie.) Vielleicht verstehen Sie mich deshalb nicht: Der Umgang mit einem Ehepaar ist wie der Umgang mit einer einzigen widersprüchlichen und vergesslichen Person«; und er tat einige Schritte in Richtung auf den Eingang der Bar, um sich mit jener Frau zu treffen, die ich vor einigen Tagen gesehen hatte, während sie sich in ihrem Traum quälte. Sie wartete zögernd an der Schwelle, mit einem halben Lächeln, als zweifelte sie (als wäre der Zweifel nicht nur durch Höflichkeit bedingt, als wäre *diese* der Zweifel), ob sie meine Gegenwart bedauern sollte, die sie daran hindern würde, Dato von ihrem Abendessen zu erzählen, oder ob sie sich über die Möglichkeit freuen sollte, einen Unbekannten kennenzulernen. Der Begleiter begleitete sie dorthin, wo ich mich befand, an der Theke, plötzlich gerade aufgerichtet, mit einem Glas heißer Milch, das schon eine Weile leer war.

Während ich die Partie des Cassio in Verdis *Otello* probte, befanden sich die beiden fast immer dort vor mir, saßen sie wie die übrigen Gäste etwa in der zehnten oder zwölften Reihe im Parkett, um mit ihrer Anwesenheit nicht allzu störend zu wirken. Jedes Mal, wenn es eine Unterbrechung gab und ich den Anweisungen des Regisseurs zuhörte (reiner Formalismus, am Ende singt jeder Sänger, wie es ihm am besten scheint, er hört diesen Anweisungen zu wie jemand, der die Messe hört), nutzte ich die Gelegenheit, um zu ihnen hinzuschauen, vor allem zu Natalia Manur. Ich fragte mich immer wieder, wie sie diese langen Proben mit ihren ständigen Wiederholungen aushalten konnten, die ich selbst als langweilig empfunden hätte, wenn die beiden nicht dort gewesen wären, wenn sie nicht dort gewesen wäre. Außerdem ist die Partie des Cassio zwar wichtig, aber nicht sehr umfangreich, und in vielen Augenblicken war nicht ich es, den sie hörten (das war im Grunde der Vorwand ihres Kommens), sondern der große, wenn auch bereits gealterte Gustav Hörbiger in der Rolle des Otello oder der auf die Nerven gehende und ehrgeizige Volte in der Rolle des Jago oder beide in ihren endlosen Dialogen. Wenn ich auf der Bühne bleiben musste, lenkte ich meine Aufmerksamkeit unweigerlich von dem dortigen Geschehen ab und schaute fasziniert auf jene zwei Zufallsverehrer, die mir in der Stadt Madrid vom Himmel gefallen waren. Dato, den die Musik ganz offensichtlich überhaupt nicht interessierte und dem sie kaum gefiel, schien gleichwohl ständig in das obige Geschehen vertieft zu sein, wie er da nach vorn gebeugt in seinem Sessel saß, die Hände auf die Lehne des Sitzes vor ihm gestützt und die Augen starr vielleicht auf mich gerichtet: so starr, wie sie im Zug gewesen waren, als er lange Zeit die Landschaft oder sein eigenes Gesicht betrachtet hatte. Natalia, entspannter, zurückgelehnt (sicher mit übereinandergeschlagenen Beinen), folgte unseren Bewegungen mit äußerster Aufmerksamkeit, wenn ich oben war und sang, und mit bloßer Neugier – würde ich zu behaupten wagen –, wenn ich nicht auftrat. Und wenn meine Anwesenheit oben nicht erforderlich war, ging ich in den Minuten, über die ich verfügte, hinunter und setzte mich neben die beiden. Dann stand Dato nahezu regelmäßig auf und ging hinaus, wie er sagte, um eine Zigarette zu rauchen, und Natalia Manur, so meinte ich – obwohl es keinen konkreten Anlass für diese Vermutung gab –, vergaß den vortrefflichen Hörbiger, den grotesken Volte und die schöne Priés (in der Rolle der Desdemona) ebenso, wie ich selbst sie vergaß. Ich weiß nicht und habe auch nie erfahren, ob Dato diese Augenblicke, in denen ich Natalia Manur Gesellschaft leistete, ausnutzte, um von den obsessiven Aufgaben des Begleiters auszuruhen, oder ob er sich in einer seiner verschleierten kupplerischen Gesten mit dieser Entschuldigung zurückzog, um uns allein zu lassen, damit ein jeder von uns sich an das stumme Atmen des anderen oder an die flüchtigen, zufälligen Berührungen der Ärmel unserer Kleidungsstücke, an den kaum wahrnehmbaren Geruch des anderen gewöhnen konnte. Sollte das Erstere der Wahrheit entsprechen, dann musste er zwangsläufig drei oder vier Zigaretten nacheinander rauchen. Denn so lange meine Ruhepause auch dauern mochte, niemals kehrte er zurück, bevor ich mich wieder zu meinen Kollegen auf die Bühne begeben hatte: Sicher kontrollierte er die Situation, hinter den Vorhängen verborgen, die den Zugang zum Saal abtrennten – ein hervorquellendes, flinkes Auge, das sich alle paar Sekunden auf den Spalt richtete –, denn ebenso wenig geschah es jemals, dass Natalia Manur auch nur eine halbe Minute allein blieb: Sobald ich meine Probe wieder aufnahm, kehrte er eiligen Schritts und die Hände auf dem Rücken, so als verberge er noch zwischen den Fingern die Kippe seiner dauerhaften Zigarette, zu seinem Sitz zurück, um mir scheinbar alle Aufmerksamkeit der Welt zu widmen.

Es waren außergewöhnliche Tage. Zum ersten Mal in meiner Opernkarriere fühlte ich mich nicht einsam und traurig in einer großen Stadt. Im Gegenteil, in sehr kurzer Zeit (vielleicht in ein paar Tagen) erreichten wir jenen unglaublich wohltuenden Zustand, in dem zwei oder drei Personen es für so ausgemacht halten, dass sie sich täglich treffen werden, dass die erste Frage des Tages eher ein »Wie machen wir es?« ist als ein »Was machst du heute?«. Dieser Zustand, charakteristisch für junge Leute und Frischverliebte, besitzt seine Erfordernisse, und eines davon ist – so sehr dies auch im Widerspruch steht zu dieser Beförderung eines anderen oder mehrerer anderer zu Fortsetzungen seiner selbst und damit der eigenen Freiheit – die sofortige Einführung einer möglichst eisernen Routine, die keinen Raum für die Verwirrung einer Improvisation lässt noch katastrophale Leeren erlaubt, die diese Einverleibung in Frage stellen und zu denken geben könnten. Denken, denken. Jetzt, da ich euch diesen Traum und diese Geschichte erzähle, glaube ich, dass ich mich vier Jahre lang des Denkens enthalten habe. Das Ich, das existierte, bevor ich Dato und das Ehepaar Manur kennenlernte, ist so lange Zeit abwesend oder betäubt gewesen, und ich hätte fast gesagt, es ist gestorben, schiene mir nicht, als würde ich es am heutigen Morgen, der voranschreitet, während ich schreibe, wiedererkennen. In diesen Seiten, die ich vollgeschrieben habe (ohne gefrühstückt zu haben), erkenne ich eine kalte, unverwundbare Stimme, ähnlich den Stimmen der Pessimisten, die keinen Sinn im Leben sehen, aber auch keinen im Selbstmord oder im Tod, keinen Sinn darin, zu fürchten, keinen Sinn darin, zu warten, keinen Sinn darin, zu denken; und doch tun sie nichts anderes als diese drei Dinge: fürchten, warten, denken, unaufhörlich denken. So war mein Kopf (kalt und unverwundbar, und vielleicht wird er es von heute an wieder sein) vor jener Reise nach Madrid. Ich fürchtete und wartete und dachte während meiner Proben, in den Hotelzimmern, auf meinen Spaziergängen durch die Städte, in den Zügen und wenigen Flugzeugen, die mich beförderten, in den Hallen und Bars der Hotels, während ich Partituren las und Gesangspartien einstudierte, auch (bisweilen) während der Vorstellungen, ich erinnere mich daran, dass ich während einer ganzen Vorstellung von *Turandot* in Cleveland intensiv über Berta und mich nachgedacht habe und darüber, dass ich sie nicht liebte, sogar in den Augenblicken, in denen ich auftrat und mit meiner unverwechselbaren Stimme sang, die damals bereits üppig aufzublühen begann, gleichsam ein Präludium zur endgültigen Blüte in Neapel, die mir zu meinem Beinamen verholfen hat. Ich dachte so viel, dass ich schließlich aus meinen spärlichen Unterhaltungen, vor allem mit Berta, aber auch mit anderen, eine bloße verbale Fortsetzung meines einsamen Denkens machte: Ich dachte so viel damals, dass ich schließlich meiner selbst überdrüssig wurde. Es war zudem ein unüberlegtes, ungelenktes, schwankendes Denken ohne Ziel noch Ausgangspunkt, ein unerträgliches Denken; und es war mir schon eine ganze Zeitlang unerträglich gewesen – dies ist nicht nur ein weiteres Merkmal der Pessimisten, sondern ihr hauptsächliches Charakteristikum: das Unvermeidliche, ja sogar das einzig Mögliche nicht ertragen zu können –, als mir die Rettung und das Wunder jenes unverhofften Madrider Zusammenlebens zuteilwurde, das sich sehr rasch, unverzüglich, nicht auf die Stunden beschränkte, die ich musikalisch nennen werde: Es erstreckte sich auf alle Stunden des Tages, auf das gemächliche und nicht allzu zeitige Frühstück im Speisesaal des Hotels, auf das schnelle oder nicht so schnelle Mittagessen in irgendeinem Restaurant in der Nähe des Teatro de la Zarzuela, auf die Spaziergänge, Besuche und Einkäufe in der Stadt, sogar auf einige Herrn Manur geraubte oder, genauer gesagt, gleichmütig von ihm zugestandene Abendessen. Dato, Natalia Manur und ich. Wir verwandelten uns in ein unzertrennliches Trio, ohne dass das Prinzip der Unzertrennlichkeit, das Prinzip des Zusammenhalts, in irgendeiner Weise sichtbar oder formulierbar gewesen wäre, ohne dass die starke Anziehungskraft, die Natalia Manur für mich und ich für sie besaß, diese Stärke schon für sich beanspruchen konnte. Denn das Seltsame an diesen Tagen war, dass sich die unverzichtbare Instanz, die Dato zu sein schien, in Wirklichkeit – in der Wirklichkeit des Frühstücks, der Mittagessen, Spaziergänge, Besuche, Einkäufe und Abendessen – als völlig verzichtbar und neutral erwies: eine ständige, nicht nur natürliche, sondern vielleicht notwendige Gegenwart, die sich gleichwohl kaum bemerkbar machte. Vor Natalia Manur (oder, was wahrscheinlicher ist, vor ihr in meiner Gegenwart) verhielt sich Dato völlig anders als zuvor an der Theke der Hotelbar, so als würde er – abermals der gleiche Zweifel – meine Begeisterung und meine Initiative ausnutzen, um der seinen eine Ruhepause zu gönnen, oder vielleicht hielt er sich sorgfältig im Hintergrund, weil er mich glänzen lassen, weil er mir die Möglichkeit bieten wollte, mich bekannt zu machen. Bisweilen, wenn wir durch die lauten, stickigen und schmutzigen Straßen liefen, ging er einige Schritte voraus oder blieb zurück mit dem alten Vorwand, sich einen Schnürsenkel zuzubinden oder ein Schaufenster zu betrachten, das weder Natalia noch mich interessieren konnte (ein Knopfgeschäft, ein Eisenwarenladen, nicht einmal ein Tabakladen oder ein Feinkostgeschäft), aber wir neigten dazu, ihn einzuholen oder zu warten, bis er uns gleich wieder eingeholt hatte, als hinge nicht etwa die Flüssigkeit unserer Unterhaltungen, sondern die Existenz des einen vor dem anderen, die Möglichkeit, *uns zu sehen*, von der kleinen Gestalt ab, die uns zusammengeführt hatte, als bezögen sie ihren Impuls aus ihr. Wenn wir an einem Tisch saßen, wie es oft geschah, dann schwieg er vorzugsweise, als sei er tatsächlich eine Begleitperson oder ein Statist, und erlaubte sich kaum Kommentare, es sei denn über den Wein und die Speisen. Auch verhandelte er mit den Kellnern (wie es einem Untergebenen, aber auch einem Kavalier zukommt). Er bestellte oder wählte den Tisch, er reichte uns die Karte, wenn wir durch unsere Unterhaltung abgelenkt waren, er forderte uns, Natalia Manur und mich, immer in dieser Reihenfolge, auf – wenn der Kellner wartete, um die Bestellung entgegenzunehmen –, ein Gericht, noch ein Gericht, später Nachtisch und Kaffee zu bestellen. Er war es auch, der mit viel Einfühlungsvermögen und Treffsicherheit Pläne machte und Orte vorschlug, offensichtlich daran gewöhnt, seine Phantasie in Erfüllung seiner eher praktischen Pflichten anzustrengen. Was er hingegen nicht tat, war, unseren Verzehr bezahlen. Das übernahm ich gewöhnlich, aber bei einigen Gelegenheiten, bei denen Natalia Manur, wie ich vermute, daran gelegen war, mir auf diese Weise ihre Dankbarkeit zu bekunden, und ich daher nicht bezahlte, konnte ich nicht umhin zu beobachten, dass sie das Geld auf das kleine Tablett mit der Rechnung legte und Dato, nachdem er über die Höhe des Trinkgeldes entschieden hatte, mit der größten Selbstverständlichkeit und ohne dass Natalia Manur Überraschung zeigte oder es überhaupt zu bemerken schien, das Rückgeld an sich nahm und in seiner Brieftasche verwahrte. In diesen beiden Gesten, der Geste der länglichen und knochigen Hand, die Geldscheine auf den Tisch legte, und der Geste jener anderen, winzigen und gierigen Hand, die sie fortnahm, glaubte ich bei jenen zwei oder drei Gelegenheiten (oder vielleicht waren es mehr), das Zeichen einer größeren Transaktion zu sehen, die emblematische Form, mit der die heimlichsten und uneingestehbarsten Beziehungen sich für ihre Verschwiegenheit schadlos halten und sich dann und wann Ausdruck verschaffen müssen. Natalia Manur, dachte ich, kaufte Datos Treue oder hielt sie zumindest in der Schwebe, indem sie ihm beträchtliche Beträge aus ihrer eigenen Tasche bezahlte; bei dieser vereinbarten, regelmäßigen Zahlung wäre der Kontakt zwischen beiden indes wahrscheinlich auf eine monatliche Unterschrift beschränkt, vielleicht nicht einmal das. Die finanzielle Beziehung konnte in einem Maße formalisiert sein – eine pünktliche, durch die Gewohnheit entpersönlichte Überweisung –, dass sie sich am Ende sogar vergessen ließe, und es war durchaus möglich, dass die Erinnerung an diese Bindung in diesen beiden Gesten bestand, durch die Dato sich einen Augenblick lang in den *Begehrten* verwandelte und Natalia Manur in die *Begehrende*, sie in die Konditionierte und er in den Konditionierenden. Ja, es war sicher ein Zeichen, wer weiß, ob vereinbart, wer weiß, ob von Dato gefordert: der flüchtige, aber wiederholte, der unverschämte, aber negierbare Beweis für die wahre Natur ihrer Beziehung. Anders war der zugestandene Raub von (allenfalls) ein paar tausend Peseten, den dieser Mann nach dem gleichgültigen Eingreifen einer Kellnerhand ausführte, nicht zu verstehen. Doch gerade solche Handlungen oder solche Einzelheiten, die manchmal sehr viel unmerklicher und unbedeutender sind, die manchmal im Widerspruch stehen zu dem, was sie enthüllen, die manchmal überlegt, manchmal unfreiwillig sind, versetzen uns immer in die Lage, ohne Beweise die Natur der Beziehung zwischen zwei Personen zu erkennen: der kurze, schneidende Gruß, die Hände, die nicht wissen, wie sie einander drücken sollen (da sie an andere, nicht formelle Kontakte gewöhnt sind), der Austausch allzu undurchsichtiger (schmerzhaft zensierter) Blicke zwischen heimlich Liebenden, die in Begleitung ihrer jeweiligen Ehepartner auf einem Fest zusammentreffen, die zage Freundlichkeit und Zuvorkommenheit (eine Hand, die nicht wagt, herzlichen Druck auszuüben, sondern sich schwach auf den Arm legt, wenn es darum geht, den Vortritt zu lassen, ein Lächeln zur falschen Zeit, das die Unwiederbringlichkeit des Vertrauens oder die Unmöglichkeit, die Beleidigung zu vertuschen, beklagt und zugleich besiegelt), mit der man jemanden behandelt, dem man ohne Feindseligkeit Schaden zugefügt hat, die Hände, die sich plötzlich zusammenballen, das Zögern der Schritte und gleich darauf die Entschiedenheit, mit der sie fortgesetzt werden, nachdem Personen sich auf der Straße erblickt haben, die einander hassen oder niemals vergessen, der einige Sekunden lang erhobene und reglose Zeigefinger Manurs, bevor dieser mir die Hand gab an dem Tag, da wir uns begegneten und Dato, immer Herr der Lage, es für gut befand, uns vorzustellen: Es war ein warnender Zeigefinger, den Manur für einen Augenblick unglaubwürdigen Suchens nach meinem Namen ausgeben wollte, den er kannte, sagte er, weil er ihn ein- oder zweimal gedruckt gesehen habe (»Ich vergesse nie einen Namen, den ich einmal vor Augen gehabt habe«, sagte er, »was natürlich nicht heißt, dass ich mich erinnere, wer dieser Name ist, sondern nur, dass ich mich daran erinnere, ihn gesehen zu haben«), er wisse jetzt nicht, ob in Kritiken von Opernaufführungen, auf Schallplatten oder sogar – und das würde bedeuten, dass er einem meiner Auftritte beigewohnt hatte (»Aber dafür sagt mir so gut wie kein Gesicht etwas; und außerdem sind Sie nicht zu erkennen, so verkleidet«, sagte er) – in irgendeinem Programmheft. Es war ein Zeigefinger, der eine eindeutige Drohgebärde darstellte, bemäntelt nur durch deren Flüchtigkeit; aber Drohungen werden von den Bedrohten immer verstanden, vor allem, wenn sie (wie in meinem Fall) im Augenblick des Erkennens begreifen, dass sie ihrerseits den Drohenden bedrohen.

Wir drei betraten das Hotel, und er schickte sich an, es zu verlassen, aber dann beschloss er umzukehren und schlug uns vor, in einem der Salons einen Aperitif in seiner Gesellschaft zu trinken (»Ich habe genau zwanzig Minuten vor meinem Mittagessen«, sagte er. Er hatte sich den Filzhut abgenommen. Er blickte auf die Uhr). Er sprach ein irritierend perfektes Spanisch, fast ohne den Anflug eines Akzents und ohne syntaktische oder grammatikalische Fehler (allenfalls benutzte er zu viel das betonte »ich«). Ab und zu zögerte er vor einem Wort, auf der Suche nach Bestätigung, aber es schien nur jene kindliche Form von Koketterie zu sein, welche die Schwierigkeit des Erreichten unterstreicht, eine Koketterie, wie sie häufig diejenigen an den Tag legen, die von vornherein entschlossen sind, ihre Zuhörer zum Schweigen zu verurteilen. Er übersetzte nicht aus seiner Sprache oder seinen Sprachen (»Ich bin Flame, das Französische habe ich wie das Spanische gelernt, wenn auch in viel jüngeren Jahren natürlich; ich bin es gewohnt zu lernen«, sagte er. Mit einem Blick lehnte er eine meiner Zigaretten ab, nahm eine der seinen), er dachte in der meinen ebenso schnell oder schneller als ich. Er war pedantisch, korrekt, schulmeisterlich – vielleicht, ohne es zu wollen. Er setzte sich auf ein Sofa, neben seine Frau, und ich – unsicher und angespannt und mit dem Wunsch, die zwanzig Minuten mögen in der Tat genau bemessen sein – ließ mich in einem Sessel neben ihm nieder. Während er sich hauptsächlich an mich wandte, weil ich eine Neuheit darstellte (wie man es Fremden gegenüber tut, obwohl er der Ausländer war), streichelte er mit seiner rechten Hand die linke von Natalia Manur. Wie sie da zusammensaßen (wie war es nur möglich, dass ich das im Zug nicht sogleich erkannt hatte, dachte ich während jener zwanzig Minuten, die tatsächlich genau bemessen waren, und ich habe es auch hartnäckig in meinem Traum heute Morgen gedacht), sprang es ins Auge, dass sie verheiratet waren, und das seit langer Zeit. Manur, der belgische Bankier, gehörte zu den Leuten – wie sie zahlreich unter denen anzutreffen sind, die mich engagieren (das heißt unter den Impresarios) –, die ihre innere Kälte durch eine vollendete Kenntnis der formalen Details verbergen, welche einen hochmütigen und spröden Menschen in einen aufmerksamen und verführerischen verwandeln. Nicht nur, dass er auf den Gedanken kam, das leicht ausgefallene Getränk zu bestellen, dem sich die anderen auch anschließen werden (»Eine gute Idee«, entschlüpfte es – denke ich – Natalia Manur), oder dass seine Bewegungen zugleich mit der verzehrenden Aktivität, die hinter ihm und vor ihm lag, die Sorglosigkeit verrieten, die er diesen genau zwanzig Minuten einzuräumen beschlossen hatte, oder dass der Grad seines Lächelns sich, millimetergenau berechnet, veränderte, je nachdem, ob er es Dato schenkte (das rechte Maß an Höflichkeit und Großmut, das rechte Maß, um ihm seine Position zu verdeutlichen), Natalia Manur (das rechte Maß an Feurigkeit und Dominanz, das rechte Maß, um ihr ihre Position zu verdeutlichen) oder mir (das rechte Maß an Bewunderung, Misstrauen und Paternalismus, das rechte Maß, um mir meine Position als Hofnarr zu verdeutlichen). Es war vor allem seine Fertigkeit, allem Bedeutung zu verleihen, was in seiner Gegenwart erwähnt wurde und in seinem Umkreis geschah (»Wie schlecht dieser Kellner bedient, er sollte wissen, dass man die Gläser nie an der oberen Hälfte anfasst«, sagte er. »Sie tragen eine sehr gewagte Krawatte, Dato, sagen Sie mir, wo Sie sie gekauft haben«, sagte er. Er spießte eine kernlose Olive auf und aß sie. »Es hat noch nicht den Anschein, aber es ist bald Zeit, den Bezug dieser Sofas zu erneuern, in einem oder zwei Monaten werden sie zu glänzen anfangen«, sagte er. »Die menschliche Stimme ist das wunderbarste und komplizierteste Musikinstrument; das Instrument, bei dem entgegen der allgemeinen Auffassung die Qualität der Herstellung weniger zählt als die Intelligenz dessen – die musikalische Intelligenz, versteht sich –, der auf ihm spielt«, sagte er. Er warf einen flüchtigen Blick auf die Fingernägel einer Hand), womit er erkennen ließ, dass es ihn große Mühe kostete, überhaupt einer Sache wirkliche Bedeutung zu verleihen. Nur Natalia Manur, dachte ich, verlieh er sie möglicherweise, denn weder auf sie noch auf die Art ihrer Kleidung, noch auf ihre zarte, strahlende Farbe an jenem Tag, noch auf ihren Gesichtsausdruck, der noch melancholischer als gewöhnlich geworden war, seitdem sie Manur in der Halle erblickt hatte, machte er während der genau bemessenen zwanzig Minuten, die er uns gewährte, die geringste Anspielung. Er beschränkte sich darauf (aber es als Beschränkung zu definieren ist vielleicht eine versuchte Abschwächung oder bloße Ungenauigkeit), sie ab und zu mit irritierender Bedingungslosigkeit anzusehen und ihr sanft und beharrlich die Hand zu streicheln, umso besitzergreifender, da er es nicht ostentativ tat; und sie, Bestandteil dieses hin und her schweifenden Gesprächs, mit keiner anderen Veränderung als der, die ich soeben erwähnt habe und die eintrat, kurz nachdem sie zur Tür hereingekommen war und die robuste, von jenem eindeutig nichtspanischen Filzhut gekrönte Gestalt auf sich hatte zukommen sehen, ließ sich von dem belgischen Bankier mit den bäurischen Gesichtszügen und den wohleinstudierten Manieren (ein Potentat, ein Ehrgeizling, ein Politiker, ein Ausbeuter) genau zwanzig Minuten lang berühren. Fünf oder sechs Tage lang war Natalia Manur trotz ihres angeheirateten Namens, unter dem ich sie kennengelernt hatte und mit dem ich sie immer identifizieren werde, *meine* Begleiterin gewesen, die ihrerseits *ihren* harmlosen Begleiter bei sich hatte, den emsigen, unentbehrlichen, wohlriechenden Dato. Und jetzt plötzlich, ohne dass zwischen uns irgendetwas vorgefallen wäre, ohne dass das stillschweigende Versprechen oder die Erfindung, die zu gestalten wir im Begriff waren, irgendein Dementi oder irgendeine Beschädigung erfahren hätten oder der Schatten einer Zuwiderhandlung auf sie gefallen wäre, ohne dass wir das Hotel oder die Stadt gewechselt hätten, sah ich, wie sie sich von einer kahlköpfigen, autoritären und charmanten Person mit Schnurrbart berühren ließ, die, wie sie, Manur hieß. Manurs Existenz war bislang nur eine Gegebenheit gewesen, eine sowohl registrierte als auch abgehakte Gegebenheit; oder, wenn man will, er war auch ein Gesicht gewesen, ein sowohl gedeutetes als auch vergessenes Gesicht. Ich erinnere mich, dass Manur, als wir uns verabschiedeten und alle vier bereits standen, seine Frau auf den Mundwinkel küsste, seinem Sekretär einen Seitenblick zuwarf und mir zum zweiten Mal, mit wenig Herzlichkeit, die Hand drückte. Danach hob er abermals den drohenden Zeigefinger und wiederholte meinen Namen, als wollte er mir ankündigen, dass er von nun an sehr genau wissen würde, wer ich war (»Ich werde an Sie denken, wenn ich das nächste Mal in die Oper gehe«, sagte er. »Auch wenn es erst in ein paar Jahren sein wird: Um die Wahrheit zu sagen, ich habe nicht viel Zeit für mich.« Er setzte sich den Filzhut auf. Er blickte auf die Uhr).

Dies war die zweite der insgesamt drei Gelegenheiten, bei denen ich Manur sah, obwohl ich wenig später seine Stelle einnahm, und seitdem habe ich nicht aufgehört, ihn in Träumen zu sehen, wie es uns immer widerfährt, wenn wir jemanden verdrängen. Und es war jener erhobene, dickliche Zeigefinger, der mich erkennen ließ, dass ich vor allem den Wunsch hatte, diesen Mann zu vernichten und weiterhin täglich Natalia Manur zu sehen: nicht nur in Madrid, nicht nur mit Dato, nicht nur während meiner Proben zu Verdis *Otello* im Teatro de la Zarzuela meiner einstigen Heimatstadt.

Seit vier Jahren denke ich nicht. Das soll heißen: Ich denke nicht an mich, im Grunde die einzige geistige Tätigkeit, der ich mich vor diesen Jahren zu widmen pflegte. Ich dachte vorzugsweise in der Nacht an mich, bevor ich mich im Bett zur Seite drehte und damit Berta oder niemandem den Rücken zukehrte, je nachdem, ob ich zu Hause war oder auf Reisen im Zimmer eines Luxushotels. Wenn ich mich zu Hause befand, dann war das Letzte, was ich vor dem Einschlafen sah, eine Wand, denn Berta zog es vor, mit dem Blick auf das Fenster zu schlafen, und obwohl ich das Gleiche vorzog wie sie, gab ich immer nach in diesen Fällen, in denen es *nur einer sein kann*. Mein Charakter bestand im Nachgeben, er bestand und besteht noch immer weitgehend darin. Ich bin nur in Gedanken imstande gewesen, mich den Dingen zu verweigern oder für sie zu kämpfen, und in der letzten Zeit denke ich nicht einmal mehr, wie ich schon sagte. Deshalb ist es vielleicht besser, dass ich allein bin, so existiert die Möglichkeit nicht, mich jemandem nicht zu verweigern oder mit jemandem nicht zu kämpfen. Gleichwohl ist fast immer jemand bei mir gewesen, und einer meiner letzten Gedanken, bevor ich die Augen schloss, war, dass niemand, nicht einmal Berta, die an meiner Seite lag, *wirklich* meinen Schlaf bewachen würde und dass ich während dieses langen Zustands der Ahnungslosigkeit und des Vergessens verloren wäre, wenn mir etwas Schlimmes zustieße. Nicht, dass Berta mich vernachlässigte (sie sagte mir gute Nacht und gab mir einen Kuss), aber sie war unfähig, mich in meinem Schlaf zu verstehen oder meinen Schlaf zu verstehen. Es ist erschreckend, wie die Menschen mit der größten Selbstverständlichkeit und mit absolut ruhigem

Gewissen endlos langen und gefährlichen Stunden überlassen werden, in denen sie angeblich nichts benötigen, *weil* sie schlafen, als wäre der Schlaf tatsächlich das, was so viele Literaten gern behauptet haben: eine Aufhebung der vitalen Bedürfnisse, der Zustand, der dem Tod am nächsten kommt. Die Menschen bemühen sich bisweilen, einander zu verstehen, obwohl in Wirklichkeit niemand befähigt ist, etwas von dem zu verstehen – das heißt, das Ganze zu sehen –, was existiert oder was nicht existiert. Aber sie tun zumindest, als bemühten sie sich, während des Tages. Hingegen sorgt sich niemand darum, macht sich niemand die geringste Mühe, unseren Schlaf zu verstehen, der in meiner Sprache zwar dasselbe zu sein scheint*, aber nicht dasselbe ist wie unsere Träume, für die es schon zu viele Erklärungen gegeben hat. Jedenfalls hatte Berta nicht einmal den Gedanken in Betracht gezogen, dass unser Geist und unser Körper in der nächtlichen Sphäre dieselben sind, vielmehr war es so – das erkannte ich klar schon in der ersten Nacht, die wir zusammen verbrachten –, dass in dem Augenblick, in dem wir beide einschliefen, vor allem in dem Augenblick, in dem sie einschlief, meine ganze Person für sie ein Ende fand oder aussetzte, zu existieren aufhörte, verlosch; während ich im Bewusstsein der Tatsache, dass Berta in schlafendem Zustand ebenso viel Aufmerksamkeit und Fürsorge erforderte wie im wachen, lange Zeit mit offenen Augen wartete, vage an mich dachte und jene Wand anschaute, an der

---

* Das spanische *sueño* bedeutet sowohl Schlaf als auch Traum (A. d. Ü.)

nur ein riesiger italienischer Kalender hing (febbraio, maggio, luglio), um im Rahmen meiner Möglichkeiten ihren Geist und ihren Körper in schlafendem Zustand zu erfassen, und versuchte, mich in die Vorstellung zu finden, dass ich mit meinem eigenen schlafenden Denken *ihren* Schlaf verstehen, das heißt, sie als Schlafende verstehen musste. Bisweilen blieb ich aus diesem Grund noch zwei oder drei Stunden wach und wachte über Berta. Das Zimmer unserer Wohnung in Barcelona, in dem ich dachte und wachte oder schlief, war eher klein, weil, wie ich von so vielen Paaren hörte, es schade sei, den Raum einer Wohnung für Schlafzimmer zu vergeuden, in die nur das Bett passen muss. Damals war ich nicht so berühmt, wie ich es jetzt allmählich werde, gab ich nicht so viel Geld aus, die Wohnung war ebenfalls klein oder zumindest im Vergleich zu der Wohnung, die ich jetzt bewohne. Jetzt ist auch das Schlafzimmer nicht klein, und ich habe beim Einschlafen auch keine Wand vor mir, denn drei seiner Wände werden von Fenstern eingenommen. Es ist sehr hell, und es gibt mehr als genug Platz. Ich schlafe in einem breiteren Bett, in einem riesigen Bett mit vier gewaltigen Füßen in Form von geschnitzten Löwentatzen. Jetzt bin ich der Löwe von Neapel, so lächerlich es auch sein mag, wenn gerade ich das sage, vor allem, da ich nicht mehr weiß, ob dieser Beiname mir schmeichelt oder ob er mich beleidigt. Und während ich mich in den berühmten Löwen von Neapel verwandelt habe, ist Berta tot und hat sich in nichts verwandelt. Vor drei Wochen schrieb mir ein Mann, den ich nicht kenne und der, wie er in seinem Brief erklärte (eine irritierende Schrift, pedantisch und krumm), sie geheiratet und achtzehn Monate mit ihr zusammengelebt hatte (das heißt, er hatte praktisch das Gleiche getan wie ich vor fünf Jahren bis vor vier Jahren), welche die letzten achtzehn Monate von Bertas Leben gewesen waren. Er vermutete, mir sei daran gelegen zu erfahren, dass diese Person nicht mehr existierte. In Wirklichkeit lieferte er mir nur Informationen (er unterließ es, mir über ihre seelische Verfassung, ihre Verzweiflung oder ihre Erleichterung zu berichten), wofür ich dankbar war, denn auf diese Weise erscheint mir Bertas Tod – nur Daten, detailliert, aber leidenschaftslos – ein wenig wie einer von denen, die im Fernsehen gezeigt werden oder in den Zeitungen stehen, und so kann ich mir erlauben, ihn nicht zu verstehen, obwohl ich weiß, dass er wirklich ist. Sie lebten, erzählte mir dieser Mann, den ich nicht kenne und an dessen Namen ich mich nicht einmal mehr erinnere (aber er begann mit N, Noriega oder Navarro oder Noguer), in einer dieser zwei- oder dreistöckigen Wohnungen, die wir in Barcelona Türme nennen und die sich vor allem im oberen Teil der Häuser befinden. Berta war eines beliebigen Tages (»an einem Tag, der sich in nichts von anderen unterschied, vor elf Tagen, genau gesagt«) die Treppe hinuntergefallen, »als sie mit Büchern von Ihnen, die sie noch aus der Zeit Ihres gemeinsamen Lebens bewahrte, herunterkam«, und der Sturz war so heftig und so spektakulär gewesen, dass sie Blut gespuckt hatte, »kaum dass sie liegen geblieben war«. Ein befreundeter oder in der Nachbarschaft wohnender Arzt, der allem Anschein nach unfähig war, hatte zwischen beiden Ereignissen keinen Zusammenhang hergestellt, sondern ihnen geraten, sich keine zu großen Sorgen zu machen, und sich darauf beschränkt, nachdem er einige Blutergüsse versorgt hatte, die Berta sich an Armen und Beinen zugezogen hatte, ihr zu empfehlen, sie möge ein paar Tage Ruhe halten, um zu sehen, wie sie sich entwickelte und ob die Erschütterung vorbeiginge. In der Tat schien Berta nichts weiter als unbedeutende Prellungen erlitten zu haben, abgesehen vom momentanen Schrecken des Sturzes und vom Anblick des Blutes, das wie eine Lohe aus ihrem Mund schoss und drei oder vier Stufen beschmutzte und durch die Aufregung erst am folgenden Morgen weggewischt werden konnte, als es schon trocken und dunkel war, so wie auch meine Bücher damals nicht aufgehoben und in Wirklichkeit »bis zum heutigen Tag« nicht geordnet worden waren. Berta erholte sich rasch und nahm ihre normalen Tätigkeiten wieder auf, aber am neunten Tag nach dem Sturz, das heißt nur zwei Tage, bevor jener Mann, Noriega, sich hinsetzte, um mir den Brief zu schreiben, wachte sie nicht auf. Als ihr Mann die Augen aufschlug (»um halb acht, um zur Arbeit zu gehen«, aber er gab nicht an, welche Tätigkeit er ausübte), hatte er sie gekrümmt im Bett liegen gesehen, das Nachthemd in Falten zusammengeschoben, bis zu den Oberschenkeln entblößt, zu ihm gewandt und tot, mit einem Fleck halbgeronnenen Blutes, das noch immer ein wenig aus den leicht offenstehenden, blass gewordenen Lippen floss – jede Minute, die verging, ein wenig langsamer. Der Ehemann, Navarro, gab keine weiteren Erklärungen, so als bedeuteten ihm die medizinischen Ursachen nichts mehr oder als sollten sie mir nichts bedeuten. Er richtete seine Wut auch nicht gegen den nachlässigen Arzt oder gegen sich selbst. »Heute habe ich sie begraben«, sagte er im Singular, als hätte er es allein und mit seinen eigenen Händen getan und als wäre Berta ein Haustier. »Ich habe gedacht, Ihnen würde daran gelegen sein, es zu erfahren.« Man kann unmöglich wissen, ob einem daran gelegen ist, die Dinge, die man schon weiß, zu erfahren oder nicht, nachdem man sie erfahren hat. Ich weiß nicht, ob mir daran gelegen ist, zu erfahren, dass Berta gestorben ist; jetzt weiß ich es und basta, und wenn ich davon träume, dann ist es keine Vorstellung oder keine Allegorie mehr, sondern eine Wiederholung dessen, was geschehen ist. Mit diesen Worten endete der Brief von Noguer, obwohl er ein Postskriptum hinzufügte, in dem er mich fragte, ob ich jene Bücher zurückhaben wollte, mit denen Berta beladen war, als sie die Treppe hinunterfiel; und auf einem gesonderten Bogen legte er mir das sorgfältige Verzeichnis bei, etwa fünfzig Titel, unter denen nur drei oder vier oder fünf waren, die besessen oder gelesen zu haben ich mich erinnerte: *Der Fall von Konstantinopel, Königliche Kommentare, Wagner Nights, Unsere Vorfahren, Professor Pnin.* So, ohne Erwähnung der Autoren, erschienen die Titel auf der beigefügten Liste Noriegas. Es war offensichtlich, dass dieser Mann viel von mir gehört haben musste, um den Entschluss zu fassen, mir zu schreiben, obwohl er mich überhaupt nicht kannte, was bedeutete, dass Berta, während ich in den letzten vier

Jahren nicht an sie gedacht hatte (aber an mich tatsächlich ebenso wenig), ja mir nicht einmal die Erinnerung daran behagte, dass ich sogar ein ganzes Jahr mit ihr zusammengelebt hatte, in den achtzehn letzten Monaten ihres Lebens und den einzigen als verheiratete Frau so sehr an mich gedacht haben musste, dass sie ihrem Mann, Navarro, von mir erzählt hatte, und zwar so viel, dass dieser mir noch am Tag ihres Begräbnisses schrieb und mir all diese Informationen lieferte, um die ich nicht gebeten hatte und die man mir nach so vielen Jahren völligen Schweigens und Desinteresses meinerseits in keiner Weise schuldete. Dennoch muss die Nachricht mich bewegt haben, sonst wäre Berta nicht in meinem Traum heute Morgen erschienen. Und wenn ich auch den genauen Namen von Noguer nicht im Gedächtnis bewahrt habe, so haben sich mir doch Fragmente seines Briefes eingeprägt, den ich vor zwei Wochen, als ich ihn erhielt, mehrmals gelesen habe, wobei ich mir vorzustellen suchte, was man mir nicht berichtete. Ich konnte nicht umhin zu denken, dass dieser stille Tod, der ohne Zeugen noch Vorwarnung und ausgerechnet im Schlaf erfolgt war, Berta niemals hätte ereilen können, während sie mit mir zusammenlebte. Nur eines ist einsamer, als zu sterben, ohne dass jemand es bemerkt, nämlich zu sterben, ohne dass man selbst merkt, was geschieht, ohne dass der Sterbende seine eigene Auflösung und sein eigenes Ende bemerkt, wie es Berta vielleicht widerfahren ist. Zweifellos ist Noriega ein unaufmerksamer Ehemann gewesen, der ihren Schlaf nicht mit der gleichen Beständigkeit und Aufmerksamkeit bewachte, wie ich es tat, und in diesem Sinne mag seine Schuld zumindest ebenso groß sein wie die, die er mich hat empfinden lassen wollen, indem er zweimal die Bücher erwähnte, die ich vor langer Zeit sorglos und ohne böse Absicht in einer anderen Wohnung in Barcelona ließ, in der Wohnung, die Berta mit mir geteilt hatte, und die – so muss ich es verstehen – verantwortlich waren für ihren Sturz. Ich hatte niemals mehr an diese Bücher gedacht, sie waren dazu bestimmt, einen Millimeter des gewaltigen Berges aller von mir vergessenen Dinge einzunehmen, und doch entdecke ich jetzt, dass sie ohne mein Wissen und ohne meine Ahnung »bis zum heutigen Tag« weiterhin ein Eigenleben geführt haben und die indirekte Ursache für den Tod eines Menschen gewesen sind, von dem ich weiß, dass er mir sehr nahe stand, und dass sie, was noch überraschender ist, *meine* geblieben sind, da Navarro sich erbietet, sie mir zurückzugeben. Warum hat Berta sich ihrer nicht entledigt, sondern sie mitgenommen, als sie umzog, um ein neues Leben in dem Turm zu beginnen, in dem sie »an einem Tag, der sich in nichts von anderen unterschied«, den Tod fand? Warum hat sie sie nicht als ihr Eigentum betrachtet und mit ihren und denen von Noguer, ihrem Ehemann, vermischt, wie es die Ehepaare mit den Überbleibseln ihres Junggesellendaseins tun? Waren – sind – sie etwa so unzweideutig meine? Ich erkenne sie kaum wieder. Und wohin wollte sie sie bringen an jenem beliebigen Tag? Vielleicht in einen übelriechenden, modrigen und von Ratten heimgesuchten Keller, um sie zum alten Eisen zu werfen, als Beweis dafür, dass das Leid, das ich ihr zugefügt haben musste, nun völlig vorbei war? Oder wollte sie sie womöglich auf der ansteigenden Straße deponieren, neben den Mülltonnen einer unbekannten Nachbarschaft, damit sie an diesem beliebigen Tag plötzlich und endlich zusammen mit geplatzten Plastiktüten voller Abfälle, Überreste und Arzneimittelverpackungen zermahlen werden würden, ohne eine Spur zu hinterlassen, nachdem sie jahrelang gesondert aufbewahrt und wie Reliquien behandelt worden waren? Oder war sie vielmehr im Begriff, sie aus einer staubigen, muffigen Dachkammer zu retten, an einem Tag, der sich nur durch die uneingestehbare und stechende Sehnsucht nach ihrem vor vier Jahren verlorenen Leben mit mir unterschied? Noriega sagt, jener Tag sei ein beliebiger Tag gewesen. Bin ich etwa in Bertas unbekanntem Leben bis zum letzten Augenblick präsent gewesen? Was mag sie geträumt haben, als der Tod sie überraschte? Und wie mag Navarro sein, wie mag ein Erwählter sein, der von »Verpflichtungen« spricht und an dessen schlafender Seite seine Erwählte das Leben aushauchen kann, während sie unter Albträumen Blut spuckt und die Hälfte ihres Körpers (»bis zu den Oberschenkeln«) der Kälte eines Schlafzimmers preisgegeben ist, das vielleicht geräumig oder eng, schäbig oder gemütlich, hell oder dämmrig, vielleicht gut geheizt oder feucht und lau ist, so wie die ganze Stadt Barcelona? Eine schlechte Stadt, um darin zu sterben. Ich frage mich, ob dieses Schlafzimmer wohl mehr als ein Fenster hat und ob Noguer, wenn es nicht so ist, wohl so gefällig sein mochte, Berta die Seite des Bettes zu überlassen, die zum Fenster liegt. Ich sollte

Noriega schreiben, um all dies zu erfahren, aber in seinem Brief ist er mir nicht als eine verständnisvolle oder verdienstvolle Person erschienen. Ich wäre in jener Nacht aufgewacht, weil ich den Tod mit meinem schlafenden Denken geahnt hätte, und dann hätte ich sie aufgeweckt, damit sie nicht so angstvoll stürbe, damit sie nicht nur in Träumen stürbe.

Aber in Wirklichkeit kostet es mich eine enorme Anstrengung, mich an Berta zu erinnern, mich daran zu erinnern, dass ich genau wie Navarro mit ihr lebte und das Bett teilte und dass sie es immer so einrichtete, zu Hause auf mich zu warten, wenn ich von einer meiner Opernreisen zurückkehrte, damit mich nicht das gleiche unheilvolle Gefühl ansprang – an einem Ort anzukommen, an dem niemand mich kannte oder niemand auf mich wartete – wie in jeder von mir besuchten Stadt, sobald ich das Hotelzimmer betrat, das man für mich reserviert hatte. Es kostet mich unsägliche Mühe, mir ihren heiteren Charakter und ihre durchsichtigen Augen ins Gedächtnis zu rufen, die überstürzte Berührung ihrer Hände und die schlecht kombinierten Farben ihrer Kleidung, ihr leichtes Lachen, ihren kindlichen Geruch, ihre träge Sprechweise, ihren unerschütterlichen Rücken, der mir während meiner schlaflosen Stunden zugewandt war. Die Tatsache, dass sie tot ist, fügt ihr nichts hinzu, vielmehr nimmt sie ihr etwas: Sie ist nicht nur nichts mehr in meiner Vorstellung, in meinem Denken, in meinem Leben, sondern sie ist auch nichts mehr in *ihrer* Vorstellung, in *ihrem* Denken, in *ihrem* Leben. Sie hat nicht einmal Leben. Von nun an wird sie, wenn dergleichen möglich ist, in meinem Vergessen wachsen.

Wie kann man einen Mann vernichten und verdrängen, den man kaum kennt, von dem man wenig weiß und mit dem man keinen Umgang pflegt? Das war die Frage, die mich zu Beginn der letzten Wochen meines Aufenthalts in Madrid quälte und zu einer Obsession wurde, und das hat sie auch während einiger Minuten (Traumminuten, langer Minuten) in meinem Traum heute Morgen getan. Es waren die arbeitsreichsten, kompliziertesten Tage, in denen ich über weniger Zeit verfügte, die Tage der letzten Proben für die Premiere von Verdis *Otello* im Teatro de la Zarzuela, als alles zusammenzubrechen schien: Der hochmütige und altertümliche Hörbiger, Otello, verkündete zwei Tage vorher so unvermittelt wie spät, die Unverträglichkeit könne nicht größer sein und er sei außerstande, mit Volte zu singen, der ihn auf der Bühne absichtlich verwirre, um ihn zu diskreditieren und in den Schatten zu stellen; der widerliche und unersättliche Volte, Jago, drohte mit einem unerklärlichen Stimmverlust, den ich von Anfang an für fingiert hielt: eine phantasielose Repressalie, die klassischste unter den Sängern; und die schöne und verrückte Priés, Desdemona, begann ihre Aussprache zu vernachlässigen und den Text zu nuscheln und war schuld daran, dass die Generalprobe obendrein mit einer Verspätung von zwei Stunden begann, da sie durch ein stürmisches galantes Abenteuer mit dem mittelmäßigen und unansehnlichen ersten Geiger (einem Spanier) des Orchesters aufgehalten wurde, der ebenfalls auf seinem Posten fehlte (beide kamen im Abstand von einer Minute, mit unordentlichem Haar und Speichel auf den Lippen, sie knöpfte sich das Kostüm zu, noch mit entblößter Brust, er mit zerdrückter Fliege). Der Dirigent zerbrach Taktstöcke in diesen Tagen und legte sich mit jedem an: In einem bestimmten Augenblick, als wir Stars alle aus dem Saal verschwanden, weil wir aus unterschiedlichen Gründen empört waren, und er sich ohne Widerpart sah, beschimpfte er wild das friedliche Personal des Theaters, das daraufhin für die Tage der Aufführungen mit einem Streik drohte. Alles deutete auf eine Absetzung oder auf ein Desaster hin. Und ich selbst, Cassio, reduzierte zum ersten Mal, solange ich denken kann, meine heiligen täglichen Übungen und vernachlässigte ebenfalls meinen Part, seltsam gefangen durch den des anderen Tenors – des *Heldentenors* oder des *tenore de forza* Otello, Hörbiger – und abgelenkt durch den Beginn meines unvorhergesehenen Leidens.

Nachdem ich Manur kennengelernt und seine Stärke erkannt hatte, begriff ich, dass diese außergewöhnliche Zeit kurz war und ihrem Ende entgegenging, nachdem sie gerade erst begonnen hatte, und dass ich zum Schluss an die ungeliebte Seite Bertas würde zurückkehren müssen, um mich danach weiter in anderen Städten und auf anderen Reisen meinem diffusen Dasein hinzugeben, ohne einen wirklichen Bezugspunkt, weit von Natalia (die ich nicht mehr täglich sehen würde, die ich vielleicht niemals mehr sehen würde), während das Ehepaar Manur und Dato nach Belgien und in ihr normales Leben zurückkehren würden, von dem mir in Wirklichkeit – begriff ich – nicht das Geringste bekannt war. Ich wusste noch immer nichts Wesentliches über Hieronimo Manur, den Bankier aus Flandern, aber am erstaunlichsten war – auch das begriff ich –, dass ich auch nichts Wesentliches über Natalia Manur wusste, seine jahrelange Ehefrau und meine tagelange Begleiterin. (Vielleicht habe ich euch deshalb noch nichts von ihr erzählt, nichts von dem, was ich später wusste und erfahren habe.) In unseren langen Gesprächen – immer mit dem unerschütterlichen und schweigsamen Dato als Zeugen – hatten wir über sehr viele Dinge gesprochen, aber nie über sie, das heißt nie über ihre Geschichte oder ihre Vergangenheit oder ihr Leben. Ich hatte Gelegenheit gehabt, ausführlich und mit wachsender (wenn auch unreflektierter) Leidenschaft ihre ganze Person zu beobachten: ihre gemessenen Gebärden (so als würde der Raum sich verdichten und größeren Widerstand bieten, wenn sie sich bewegte), ihre nicht mehr sehr spanische Mimik (bar von Zorn und Übellaunigkeit), ihre Stimme, so schwermütig und ernst, dass sie bisweilen aus einer Rauchwolke herauszukommen schien, ihr ausgedehntes Schweigen, das wie Abwesenheit wirkte, bevor sie auf die unvorhergesehenen Fragen antwortete, die das Thema wechselten, ihre feuchten, verträumten Augen, die riesigen Schritte ihrer langen Beine, ihr ständig diffuser oder in Melancholie aufgelöster Gesichtsausdruck und auch ihr gelegentliches Lachen, das vollkommene, schneeweiße und große Zähne entblößte: ein afrikanisches Lachen. Auch mit ihren Vorlieben hatte ich mich ein wenig vertraut machen können: mit den gastronomischen bei den zahlreichen Mittag- und Abendessen, die wir geteilt hatten, und in der einen oder anderen Konditorei; mit den modischen, als ich sie einige Male zum Einkaufen begleitete und sah, wie sie mit kundigen Fingern Stoffe befühlte und beharrlich in den Umkleidekabinen verschwand und wieder auftauchte, während Dato und ich ihre Urteile erwarteten und taten, als würden wir eine Meinung vertreten; mit denen der Sammlerin bei einer wichtigen Versteigerung in jenen Tagen, auf der sie – durch Vermittlung von Datos spitziger, gespenstischer Hand, die sich wie ein Stilett im Takt ihrer Wünsche erhob – zwei Gemälde erwarb (einen Díaz de la Peña und einen sehr kleinen Paret) sowie die vollständige Ausgabe zum hundertsten Todestag Flauberts und ein wunderschönes, von Ravilious entworfenes Federmesser mit einer Klinge aus Perlmutt und silbernem Griff, das sich ob seiner Größe fast in eine schillernde Waffe verwandelte. Aber ich wusste nichts über ihre Geschichte oder ihre Vergangenheit oder ihr Leben, abgesehen von dem wenigen, was ich aus Datos vergrübelter und fragmentarischer Klage hatte schließen können, als ich das erste und einzige Mal Gelegenheit fand, mit ihm allein zu sprechen (eine Gelegenheit, die zu früh kam, als dass meine Neugier gewusst hätte, wie sie ihre Fragen lenken sollte), und von den begeisterten Kommentaren, die Natalia Manur en passant hier und da ihrem kürzlich nach Amerika ausgewanderten Bruder, Roberto Monte, widmete. (So sehr schien sie ihn zu schätzen, dass ich mich mehr als einmal fragte, ob ich mich nicht ohne mein Wissen darauf beschränkte, in der Stadt Madrid seine Stelle bei Natalia zu vertreten; denn wir hatten uns kaum eine Minute am Tag aus den Augen verloren, seit wir uns kannten, wie es Dato zufolge ihrer und Montes Gewohnheit entsprach, wenn sie zusammenkamen; und ich hatte ihr sogar genau wie ihr Bruder – dachte ich – einige ephemere Personen vorgestellt, die sie ohne mich nicht wiedersehen würden, auch wenn sie keine Madrider, sondern nur der nachlassende Hörbiger, der großtuerische Volte, die verantwortungslose Priés und der kriegerische Dirigent des Orchesters waren.) Daher wusste ich nach einer Woche bedingungsloser Anwesenheit noch nicht, welches die Leiden Natalia Manurs waren, von denen Dato behauptete, er kenne sie auswendig, noch warum es widersinnig war, dass sie – ihm zufolge – keine Liebhaber hatte, noch kannte ich die Ursache ihrer tiefen, unheilbaren Unzufriedenheit oder den Grund, weshalb Manur und sie so getrennte Leben am Tage führten, wo es doch nach außen hin erkennbar war, dass sie sehr wohl irgendeine Art von gemeinsamem nächtlichen Leben führten, da sich unser Trio jeden Abend im Fahrstuhl des Hotels verabschiedete, jeder auf dem Weg zu seinem luxuriösen Zimmer, und in dem ihren mussten Natalia und Manur zwangsläufig gemeinsam schlafen. Vielleicht öffneten sich die cognacfarbenen Augen des Bankiers aus Flandern, sobald er das Geräusch des Schlüssels im Schloss hörte, oder bereits vorher, wenn er in seinem wartenden Halbschlaf die gedämpften Schritte seiner Ehefrau auf dem teppichbedeckten Gang erahnte; vielleicht sah Manur, eingehüllt in einen unmöglichen Pyjama aus grüner Seide (von der gleichen Farbe wie sein unglaublicher, so transatlantischer Filzhut), wie Natalia die Jacke und die Handtasche auf einen Sessel legte, ins Badezimmer ging und, zurück im Zimmer, sich entkleidete, um sich in das Doppelbett zu legen. Vielleicht erwartete er sie dort mit warmen Worten und offenen Armen, oder vielleicht tadelte er sie mit herben Worten ob ihres späten Kommens, oder vielleicht sprachen sie überhaupt nicht miteinander und beschränkten sich darauf, acht aus der Erinnerung des Tages gelöschte Stunden lang in demselben Bett zu liegen, ohne sich anzuschauen, ohne sich zu berühren, ohne sich auch nur im Schlaf zu streifen, zwei Körper, beisammen Nacht für Nacht und wechselseitig vergessen seit langen Jahren. Es kann aber auch sein, dass die cognacfarbenen Augen, die etwas heller und feuriger sind, aber (übrigens) die (genau) gleiche Form haben wie die ihren, wach (beleidigt, zornig, ungeduldig) warteten, während sie Bilanzen und Operationen und Notierungen überflogen oder vielleicht irgendeinen schnellen Roman lasen, vielleicht mit Hilfe einer Brille, die das Alter ihnen aufgezwungen hat. Wie mochte Natalia Manur das luxuriöse Zimmer betreten? Im Dunkeln, mit den eleganten Schuhen von della Valle oder von Prada, die an zwei ihrer langen, knochigen Finger baumelten, um nicht die Ruhe des erschöpften Bankiers zu stören oder um Fragen zu vermeiden? Oder machte sie etwa den größtmöglichen Lärm (indem sie die Schuhe abstreifte und gegen einen Schrank schleuderte) und knipste hundert Lichter an, um in den Genuss des ihr tagsüber versagten Anblicks des abwesenden und geliebten und vermissten Ehemanns zu kommen, dessen Fehlen sie durch die begeisterte Gesellschaft eines sehr kräftigen, gesprächigen und freundlichen Opernsängers mehr schlecht als recht zu kompensieren versucht hatte? »Hallo«, wird sie vielleicht sagen. Er wird schon im Bett liegen, mit der hypothetischen Brille, die seine plebejischen Gesichtszüge kaschiert und den verletzenden Blick mildert. »Wie ist es dir heute ergangen? Alles in Ordnung? Die Geschäfte, wie es sich gehört?« Manur schiebt die Brille auf die Nase, noch ohne sie abzunehmen, und während er mit seinen Augen, die es gewöhnt sind, von den Dingen der Welt verwöhnt zu werden, über die Gläser hinwegblickt, antwortet er nicht sogleich. Er wirkt älter mit der Brille auf der Nase, obwohl es auch sein kann, dass er sie auf die Stirn geschoben hat, wie ein Flieger, und das lässt ihn im Gegenteil jünger erscheinen. Natalia insistiert nicht, ihre Fragen waren sicher rein mechanisch. Unbefangen (wie jemand, der bei sich zu Hause ist, allein oder in Gesellschaft des lebenslangen Ehemannes) geht sie ins Badezimmer, macht das Licht an und beginnt, ihr Gesicht vom abendlichen Make-up zu reinigen. Sie benutzt Wattebäusche. Manur liest weiter in seinen Unterlagen, oder vielleicht nutzt er den Augenblick, um sich ein wenig zu parfümieren (ein Fläschchen Eau de Cologne in der Schublade des Nachttisches) und sich die spärlichen Haare glattzustreichen, die seiner früh eingetretenen Kahlheit keine Würde verleihen. (Ein eingebildeter Mann, selbst gegenüber seiner eigenen Frau.) Natalia putzt sich die Zähne bei offener Tür, und dann schließt sie sie einige Sekunden lang. Manur schärft das Gehör, versucht, das Fallen der Flüssigkeit in die andere Flüssigkeit zu hören. Oder vielleicht kann er es gegen seinen Wunsch nicht vermeiden, es wahrzunehmen. Er hat seine Papiere beiseitegelegt und beweist damit, dass keine Eile bestand, sie anzuschauen, und dass er sich nur die Zeit bis zu Natalias Erscheinen vertrieben hat. Er wartet. Er wartet. Natalia kommt zurück, löscht das Licht im Badezimmer und beginnt, sich ungeniert zu entkleiden, so als gäbe es keinen Zeugen (aber ich weiß nicht, ob die Lichter eingeschaltet oder gelöscht sind oder ob nur die Nachttischlampe brennt, in deren Licht Manur seine Papiere studierte), denn in Wirklichkeit ist es fast so, als gäbe es keinen: Was kann es Manur, so wie die Dinge liegen, bedeuten, wenn er sieht, wie sie sich der Bluse, des Rockes, sogar der dunklen Strümpfe (ohne Naht?) entledigt? Und was kann es Natalia bedeuten, dass er sie sieht? Natalia trägt jetzt nur noch die Unterwäsche – ein Teil oder zwei Teile, das kann ich noch nicht sagen – und betrachtet sich kurz in dem bis auf den Boden reichenden Spiegel, der sich gegenüber dem Doppelbett befindet. Es ist ein flüchtiger Blick, er dauert nur einen wahrscheinlich halbdunklen Augenblick. Vielleicht ist sie nicht mehr jung. Ihr Körper wäre noch immer sehr attraktiv und sehr begehrenswert für jeden Mann, der sie sehen könnte, oder er ist es noch immer für diejenigen, die ihn sehen, aber sie bemerkt die Verluste: eine leichte allgemeine Erschlaffung; die Brüste nicht so hoch wie mit zwanzig Jahren (obwohl es niemandem einfallen würde zu sagen, sie habe »Hängebrüste«; vielmehr würde man sagen, sie habe sie »am richtigen Ort«); der flache und harte Bauch kündigt an (aber nur für sie), dass er es bald nicht mehr sein könnte; die einst übernatürlichen Beine sind noch immer vollkommen – schlank und gerade –, aber sie beginnen, sterblich zu erscheinen. Vielleicht bemerkt auch Manur die Verluste. Der Anblick, der sich Natalia heute bietet, ist bereits bekannt, die Veränderungen werden nicht täglich wahrgenommen: An einem Tag, der sich in nichts von dem davor und dem danach unterscheidet, hat sich unerklärlicherweise und ungerechterweise etwas verändert, und diese Veränderung bleibt. Man weiß nie, ob der verunstaltende Defekt, die nicht rückgängig zu machende Falte, ihre Vertiefung, der Fleck auf der Hand, das Dickerwerden des Halses, das senkrechte Zeichen über der Lippe, das Fett, die Blassheit, die Spur tatsächlich an diesem Tag aufgetaucht sind oder ob an diesem Tag der eigene Blick durchdringender oder mutig genug ist oder vielleicht willkürlich entscheidet, die Veränderung wahrzunehmen. Heute gibt es nichts Neues, keinen Mangel, der gestern unbemerkt geblieben wäre, wenn die Prüfung auch sehr oberflächlich gewesen ist, ein Blick, nichts. Es ist spät, Manur ist schlecht gelaunt. Besser, man kürzt die Prolegomena des Schlafs ab und versucht, sich rasch in ihm einzurichten, dort, wo man mindestens acht Stunden lang, mit Glück vielleicht vierundzwanzig Stunden lang, in Sicherheit sein wird. Natalia Manur zieht sich die Unterwäsche aus – sicher nur ein einziges Teil –, und einen Augenblick lang steht sie nackt inmitten des luxuriösen Zimmers, während die so scharfen cognacfarbenen Augen blitzend den deutlichen, unbekleideten Körper inspizieren, den sie nur im Profil sehen, in einer wenig vorteilhaften Haltung und in Bewegung. Sie erträgt es nicht, dass etwas anderes außer den Laken während der Nacht ihre Beine bedeckt, deshalb zieht sie das Oberteil eines Pyjamas an und wird mit der Unterhose schlafen, vielleicht hat sie sie nicht ausgezogen (doch; sie wird sie gewechselt haben, die der Nacht und des Schlafs wird frisch sein, und außerdem waren wir dabei geblieben, dass ihre Unterwäsche aus einem einzigen Teil besteht, einem Body, also muss die Unterhose aus einer Schublade gekommen sein, und sie hat sie sich angezogen). Sie legt sich ins Bett und löscht von dort aus das Licht im Eingang. Es brennt noch die Nachttischlampe, die Manur eingeschaltet hatte. Endlich spricht Manur: »Was hast du heute gemacht? Bist du wieder mit diesem Sänger ausgegangen? Was für ein Typ. Sein Gesicht gefällt mir überhaupt nicht.« »Er unterhält mich«, antwortet Natalia, »was du nie tust.« »Und wie weit geht diese Unterhaltung?«, fragt Manur in unverändertem Ton, verächtlich, aber eher neutral. Natalia antwortet nicht, sie dreht sich um, wie jemand, der gleich einschlafen möchte, wie Berta es tat, als sie mit mir zusammenlebte, nachdem wir uns gute Nacht gesagt hatten. »Wie weit geht diese Unterhaltung?«, insistiert Manur (er hat sich die Brille abgenommen, jetzt ist sein Ausdruck so stechend, wie ich es im Zug an ihm gesehen habe). »So weit, dass ich seine Gesellschaft bis genau zu diesem Augenblick nicht missen möchte.« Manur will nicht streiten, nur wissen. »Wo seid ihr gewesen?« »Ich möchte jetzt schlafen.« »Sag mir das zuerst.« »Wie diese ganzen Tage: fast die ganze Zeit auf der Probe für seine Oper, die Premiere steht vor der Tür.« »Wie singt er?« »Ich glaube, sehr gut, mir gefällt er von allen Interpreten am besten; und jetzt möchte ich schlafen.« Manur setzt sich die Brille wieder auf, sein Blick ist gemildert: Er wagt nicht oder er hat keine Lust, weiterzufragen, obwohl in Natalias Antwort viele Stunden ohne Erklärung bleiben, tatsächlich gibt es überhaupt keine Erklärung. Aber Manur macht das nichts aus, er weiß durch Dato, was wir täglich vom Morgen an, wenn wir uns im Speisesaal des Hotels treffen, bis zum Abend, wenn wir uns im Fahrstuhl verabschieden, tun oder lassen, das heißt ab den fünf Minuten nach ihrem morgendlichen Abschied bis fünf Minuten, bevor diese Szene stattfindet. (Wir hingegen wissen absolut nichts über seine Aktivitäten in der Stadt Madrid.) Aber was heute geschehen ist, das wird er erst morgen früh erfahren, wenn er und Dato sich vor unserem Trio-Frühstück von ihren Zimmern aus anrufen, sicher er Dato, indem er die Minuten ausnutzt, in denen Natalia sich unter der Dusche befindet. Wenn Manur dennoch wissen möchte, ob es heute irgendeine Neuigkeit gegeben hat, und nicht bis morgen warten will, dann muss er Natalia fragen. Kann er warten? Er kann warten. Vielleicht interessiert es ihn in Wirklichkeit nicht. Vielleicht interessiert Natalia ihn nicht, entgegen dem, was Dato mir zu verstehen gab, als er mir von seinen Pflichten oder Loyalitäten seinem Chef gegenüber erzählte. Vielleicht fühlt Manur absolut nichts, wenn er sieht, wie Natalia sich entkleidet, wenn er sie halbnackt sieht, wenn er sie nackt sieht, wenn er den parfümierten, lauen und glatten Körper während acht in beider Leben inexistenter Stunden neben sich hat. Natalia bringt ihm ebenfalls kein Interesse entgegen, wenn auch vielleicht das Bewusstsein seiner Gegenwart sie bisweilen Sehnsucht empfinden lässt: Dieses Bewusstsein schenkt ihr vor allem der Geruch, der seit Jahren (und besseren Zeiten) unveränderlich Manurs Hals entströmt; der gleichbleibende Geruch, der von seiner Brust her aufsteigt, vermischt mit dem Rest seines immergleichen Eau de Cologne, das er am Morgen benutzt hat und vielleicht auch am Nachmittag, das er möglicherweise jedoch jetzt *nicht* erneuert hat, während sie sich im Badezimmer befand: Nein, es ist nur eine Spur, und gerade die Spuren sind es, die die Sehnsucht wecken. Dinge, die ein schlechtes Ende gefunden haben, und das, was nicht existiert. Natalia sehnt sich auch nach dem Begehren, das sie einst für Manur empfand, und sie wagt noch nicht, es durch das Begehren für jenen kräftigen und gesprächigen und freundlichen Tenor zu ersetzen. Sie kennt seinen Geruch nicht noch seine Brust, sie weiß nicht, wie seine großen Hände berühren, wenn sie überhaupt berühren. Der Tenor ist nicht asexuell, aber er zeigt nicht deutlich sein eigenes Begehren für sie, das wesentlich ist, damit sie ihn begehren kann. Er ist vorsichtig oder zu respektvoll, oder er fürchtet Dato und dessen theoretische Loyalitäten, nicht wissend, dass

Dato käuflich ist, mehr noch, dass er immer ein möglicher Kauf für den Meistbietenden ist, wie die Bücher, die Federmesser, die Aschenbecher, die kleinen Statuen, die Teppiche und die Gemälde. Oder vielleicht ist der Sänger homosexuell, wie so viele Theaterkünstler. Es kann sein, dass er nur ängstlich ist – die Verneinung der Liebe. Nie berührt er sie, er streift sie fast nicht, nicht einmal, um beim Überqueren einer Straße seine Begleitung zu betonen, oder wenn sie während der Probenpausen Ellbogen an Ellbogen im Parkett des Teatro de la Zarzuela sitzen. Vielleicht verabscheut der Löwe von Neapel den körperlichen Kontakt. Die Sänger haben den Ruf, sich sehr in Acht zu nehmen. Wie mag ein Sänger küssen? Spült er sich vorher den Mund aus, oder tut er es danach? Macht er sich den Hals mit Eiweiß frei, wie die Legende besagt? Schmecken seine Küsse daher nach Eiweiß? Und wie ist der Geschmack von Eiweiß allein? Was macht er mit dem ungebrauchten Eigelb? Es vergeuden? Es einstweilen in einer Schale sammeln? Es braten? Es einem allesfressenden Haustier geben, das sogar rohes Eigelb mit Freuden verschlingt? Es wegwerfen? Wohin? Und wenn das Ei faul ist und der Sänger das nicht merkt und es hinunterstürzt und das stinkende Eiweiß schluckt, das seinen Hals freimachen sollte? Widerlich.

Aber plötzlich ist Manur es, der sie heute berührt. Er berührt ihren nackten Oberschenkel, der elastisch und fest ist (obwohl die Beine nicht mehr übernatürlich sind). Sie lässt sich berühren, wenn auch nur, um herauszufinden, wie die Aufforderung oder der eheliche

Vorstoß nach so langer Zeit auf sie wirken. Manur berührt sie mit seiner rechten Hand, die zugleich neu und alt ist, kräftig und sanft, eine so erkennbare wie vergessene Berührung, die aus einer Vergangenheit kommt, die in allem Übrigen so sehr der Gegenwart gleicht, dass man sie nicht einmal als solche betrachten kann. Manur lässt die andere Hand unter Natalia Manurs Pyjamaoberteil gleiten und streichelt ihren Rücken. Nach und nach, wie ein Anfänger, nähert er sich mit jeder Liebkosung unauffällig dem seitlichen Ansatz von Natalia Manurs linker Brust, bis die Hand, die vorgibt, unerfahren zu sein, oder unerfahren geworden ist, nachdem sie den Ansatz erreicht und sogleich erschöpft hat, auf die Suche nach der Vorderseite geht (die Hand, die aus dem grünen Ärmel herausragt). Das ganze Zimmer riecht plötzlich nach Manur. Natalia Manur bewegt sich nicht, sie weiß nicht, ob sie erregt ist, sie weiß es nicht einmal, als bereits die Brustwarze die Berührung empfängt und registriert (denn sie wird hart). Vielleicht würde sie es am liebsten nicht wissen, vielleicht würde sie sofort einschlafen wollen und dass Manur, ihr Ehemann, sie nach seinem Belieben wie eine Puppe benutzen möge, ohne weitere Umstände, dass er ohne ihre ausdrückliche Zustimmung, ohne ihre Mitwirkung oder ihre wache Passivität, ohne ihre Weigerung und ohne ihre Einwilligung, ohne ihr Wissen, ohne ihr Bewusstsein, ohne ihre Existenz in sie eindringen möge, so dass sie einander am nächsten Tag begegnen könnten, als wäre diese Verletzung der Norm nicht geschehen. Es ist zu spät dafür, dass sie jetzt am nächsten Tag über sich selbst sprechen. Es ist auch zu spät dafür, dass es sie mit Scham erfüllt, nicht miteinander zu sprechen. Ihr Leben ist so beschaffen, dass es keine Improvisation und keine Veränderungen mehr zulässt, alles wurde vor Zeiten besprochen und festgelegt. Das Einzige, was ihr Leben zulassen kann, ist Fortdauer oder gewaltsame Auslöschung. Aber Natalia wehrt sich auch nicht gegen die wiederauferstandenen Liebkosungen des Bankiers aus Flandern, weil sie vertraut und fern zugleich sind – ein Rest, eine Spur –, weil sie sie nicht erschrecken und unwahrscheinlich sind und niemand sie berührt, seit sie in Madrid ist. Sie wartet. Wartet. Manur hingegen wird eine Reaktion wollen; er ermüdet, er macht nicht weiter: Er war schon immer ein ungeduldiger Mensch. Seine Liebkosungen werden träge und halbherzig, bis die Hand, erschöpft, tot auf Natalias Hüfte liegen bleibt, nachdem sie die Brust verlassen hat, und den wiedergefundenen Ansatz kaum mehr berührt. Eine Hand auf der Hüfte stört beim Schlafen. Natalia Manur rückt ein wenig ab, zu ihrer Seite hin, die Hand gleitet herunter, fällt kraftlos, wie ein betäubtes Körperglied, auf das weiße Laken (der Arm in dem grünen Ärmel). Manur ist der Besitzer von Natalia Manur, aber heute erteilt er keinen Befehl, noch fordert er etwas. Er dreht sich ebenfalls um, so wie ich es tat, wenn ich bemerkte, dass Berta bereits eingeschlafen war, und die nackte Wand mit dem italienischen Kalender anschaute (aprile, giugno, settembre), und schläft fast augenblicklich ein. Natalia schläft nicht, aber sie will sich nicht bewegen, um nicht wieder in Berührung mit dem Körper ihres Ehemannes zu kommen. Wenn sie versucht, die Lampe auf der anderen Seite zu löschen, wird sie Manur streifen, und er wird möglicherweise aufwachen. Und wenn er jetzt aufwacht, kurz nachdem er eingeschlafen ist, wird er nicht mehr in den Schlaf finden. Natalia Manur tut die linke Brust weh. Manurs Geruch verflüchtigt sich allmählich, so als verströmte er ihn nur während seines Wachseins, so als käme er aus seinen wilden Augen. Jetzt sind sie geschlossen. Das Licht des Nachttisches wird die ganze Nacht weiterbrennen und sie bei Tagesanbruch aus dem Schlaf fahren lassen.

Natalia Manur erzählte nichts in diesen Tagen; ich hingegen, weniger zurückhaltend als sie oder weniger befähigt, den Dialog im Fluss zu halten (weniger standhaft, die Schweigepausen zu ertragen), hatte ihr Tag für Tag, ohne in die autobiographische Erzählung zu verfallen – unter dem desinteressierten oder leicht ungläubigen Blick Datos, der, vielleicht schamhaft, vielleicht diplomatisch, vorgab, an seine unerforschlichen Dinge zu denken, wenn ich über mich selbst sprach –, das Wesentliche meiner Geschichte oder meiner Vergangenheit oder meines Lebens bis etwa zum letzten Jahr erzählt, das heißt bis zu dem Zeitpunkt, da ich beschlossen hatte, in Barcelona mit Berta zusammenzuleben, deren Existenz ich nach wie vor nicht einmal erwähnte. Ich erzählte Natalia Manur (und damit Dato) von meiner einsamen und traurigen Kindheit; von meiner damaligen krankhaften Körperfülle, die mir so viel Spott und

Kummer (eine andere Sicht der Welt) eingebracht hatte; von meiner grässlichen und immer ominösen Beziehung zu meinem Stiefvater, dem Herrn Casaldáliga, der mich beim Tod meiner Mutter – seiner Cousine – aufnahm und den ich immer in Verdacht gehabt habe, dass er nicht nur mein Stiefvater und Onkel zweiten Grades, sondern auch mein verschämter, niemals eingestandener Vater sein könnte. Ich erzählte Natalia Manur, wie man leidet, wenn man als armer Verwandter, ohne Rechte noch Ansprüche, ohne die Möglichkeit der Klage, in einem Zustand von Ungewissheit lebt, der über jedes vernünftige Maß hinausgeht, wenn man sich niemals wie zu Hause fühlt. Ich erklärte ihr, wie ich mir als Kind ständig vollkommen darüber bewusst war, dass Herr Casaldáliga mich jeden Augenblick aus meinem Zimmer – aus dem, was ich nur aufgrund eines Ausschlussverfahrens zugleich für mein Zuhause hielt – vertreiben könnte, denn Herr Casaldáliga war wirklich seltsam und furchteinflößend: vermögend (ungeheuer reich, wie ich später erfuhr), gequält, geizig, undurchsichtig, düster, sarkastisch und autoritär, Richter von Beruf und Eigentümer einer Bank (aber das habe ich, wie so viele andere Dinge, ebenfalls erst in späteren Jahren und durch Dritte herausgefunden: Ich wusste nie etwas von seinen Tätigkeiten, solange wir unter demselben Dach lebten). Ich ahnte, dass mein Aufenthalt dort – ebenso wie meine Schulausbildung, meine Ernährung und meine Kleidung – von seiner Laune und nicht von seiner Zuneigung oder von seinem Verantwortungsgefühl oder von seiner Gnade abhing, und dennoch fühlte ich mich verpflichtet, weniger, mich anzustrengen und ihm gefällig zu sein, als mich nicht unwürdig zu erweisen und ihn nicht zu sehr zu enttäuschen. (Jetzt habe ich ihn lange nicht mehr gesehen: Vor vier Jahren lebte er noch in Madrid, aber ich bin nicht auf den Gedanken gekommen – ich bin ja nicht verrückt –, ihn zu besuchen, allerdings habe ich ihm einige Einladungen für die Premiere von Verdis *Otello* im Teatro de la Zarzuela geschickt, zu der er nicht gekommen ist, soviel ich weiß, oder zumindest kam er nicht in die Garderobe, um mir zu gratulieren. Er lebt heute noch, zurückgezogen auf dem Land, auf einem riesigen Anwesen in der Provinz Huelva, und wir schreiben uns ab und zu, eine sonderbare Vater-Sohn-Korrespondenz nach all dieser Zeit.) Ich erklärte Natalia Manur, wie ich für alles um Erlaubnis bitten musste: um mich in der Wohnung von einer Stelle zur anderen zu begeben, von meinem Zimmer ins Badezimmer, vom Esszimmer ins Wohnzimmer, von der Küche in mein Schlafzimmer, ganz zu schweigen davon, wenn ich aus dem Haus gehen und wieder hereinkommen wollte. Ich besaß nie einen Schlüssel. Er wollte immer ganz genau wissen, wo ich mich aufhielt, so als fürchtete er, ich könnte ihn in einem Winkel bei irgendwelchen Schandtaten ertappen, die keine Zeugen duldeten. Jede meiner Bewegungen bedurfte seiner Zustimmung, und wenn mein Stiefvater nicht zu Hause war, dann *musste* ich warten (so lautete die Vorschrift, an die ich mich nicht hielt), bis er zurückgekommen war, um mein Zimmer verlassen zu können: musste den Harndrang aushalten, den Durst aushalten, den Hunger aushalten; oder in einem Maße vorausschauend sein, wie es ein Kind niemals sein kann, so artig, unglücklich und gewissenhaft es auch sein mag. Jedenfalls musste ich jahrelang den Hausangestellten ein Schnippchen schlagen (die, wenig barmherzig – wenig eingenommen für ein dickes Kind –, ihn pünktlich über jede Überschreitung informierten) und sorgfältig darauf achten, bei einem unerlaubten Ortswechsel keine Spuren zu hinterlassen: Der Schwamm, den ich benutzt hatte, um mir das Gesicht zu erfrischen, musste so trocken sein wie zuvor und ganz genauso daliegen; jedes Mal, wenn ich der unwiderstehlichen Versuchung nachgab, das Telefon zu benutzen, um mit meinem Lieblingskameraden die Schulaufgaben des Tages zu besprechen, musste ich daran denken, den Hörer linksherum aufzulegen, denn er war Linkshänder; ich musste oft in Socken gehen, wie Nachtschwärmer in Witzen und Stummfilmen, um zu vermeiden, dass ein Schmutzfleck auf dem Teppich oder dem Fußboden meine Schritte verraten könnte; die Schlucke Milch – mein Lieblingsgetränk –, die ich heimlich nahm, mussten winzig sein, damit er den veränderten Stand und damit meinen Streifzug in die Küche in seiner Abwesenheit nicht bemerkte; wenn ich Radio hörte – meine große Leidenschaft damals –, musste ich die Stationsskala und die Lautstärke in genau die gleiche Stellung bringen, in der sie sich vor meinen aufgeregten Manipulationen befunden hatten. Ich erklärte Natalia Manur, wie ich, als ich schon ein junger Mann war und die von ihm ausgeübte Kontrolle sich etwas gelockert hatte, Herrn Casaldáliga selbst für die unerlässlichsten

Dinge um Geld bitten musste und wie er es mir manchmal tagelang verweigerte: für die Seife (meine, Lagarto, nicht Lux, wie seine) oder die Zahnpasta (meine, Licor del Polo, nicht Colgate, wie seine), die ausgegangen waren, für ein Unterhemd oder neue Unterhosen als Ersatz für die alten, fast schon fadenscheinigen, um mir die Haare schneiden zu lassen, um den Bus oder die Straßenbahn zu bezahlen, die mich zur Schule und zurück brachten. Während meiner Kindheit und Jugend war die Stadt Madrid ein hassenswerter Ort und mein Gesichtsausdruck ständig entrückt oder erstaunt, wie bei jenen elegant gekleideten und in ihre Spiele vertieften kleinen Kindern des Malers Chardin – der Federball, das Schabeisen, der Kreisel –, mit dem Unterschied, dass meine Kleidung tragisch vernachlässigt und mein Blick so abwesend wie der ihre war, allerdings ohne dass ich irgendein Spielzeug in Händen oder vor Augen gehabt hätte, in das ich mich hätte vertiefen können. Bis ich schließlich eines Tages Partituren lesen konnte und zu besitzen begann und der Gesang mich rettete. Aber das ist es nicht, worüber ich jetzt sprechen möchte.

Natalia Manur hörte mir so aufmerksam und mitfühlend zu, als erzählte man ihr die Geschichte der Missgeschicke und Entbehrungen eines von Dickens erfundenen Kindes, und sie versicherte mir später bei mehr als einer Gelegenheit, sie habe sich zum Teil aufgrund dieser Erzählungen und weil sie ihr Erwachsenenschicksal mit meinem als Kind gleichsetzte, zu mir hingezogen gefühlt. Unmittelbar darauf erfuhr ich, dass ihre Geschichte oder ihre Vergangenheit oder ihr Leben ebenfalls dem neunzehnten Jahrhundert verhaftet waren. Was ich jedoch vor den Aufführungen von Verdis *Otello* im Teatro de la Zarzuela vor allem herausfand, wie ich schon gesagt habe, war meine eigene instinktive Überzeugung: Ich wünschte Manur zu vernichten, und ich musste Berta vernichten, um Natalia Manur weiterhin täglich ohne jede Behinderung sehen zu können. Wir standen im Geruch der Grausamkeit. Die zweite Vernichtung bot keine Schwierigkeiten, denn sie hing nur von meinem bereits gefassten Beschluss ab: Von Berta wusste ich alles, sehr viel mehr, als nötig war. Manurs Zerstörung hingegen war schwieriger, da ich – wie es der Fall war – so gut wie nichts über ihn und nichts über seine Schwächen wusste und es mir unmöglich schien, nachdem ich sein Benehmen gesehen und seine Selbstzufriedenheit, sein Vertrauen in sich selbst und in seinen Besitz erahnt hatte, ihn durch eine direkte, dialektische oder wie auch immer geartete Konfrontation lächerlich zu machen. Zweifellos war er beweglicher und mächtiger als ich, auch gebieterischer. Nachdem ich eines Nachts in meinem Hotelzimmer sehr rasch nachgedacht hatte (am Vorabend der Premiere, ich erinnere mich noch gut), begriff ich sofort, dass die einzige Form, meine improvisierten und unerwarteten Pläne zu verwirklichen, darin bestand, die Reihenfolge, in der ich sie angeführt habe, umzukehren: Ich musste Natalia Manur weiterhin täglich sehen, und dann käme Manurs Vernichtung von allein. Was die Vernichtung Bertas betraf, so wünschte ich sie zwar nicht, aber es galt, sie als feststehende Tatsache zu betrachten – endlich die Unterschrift unter ein altes Urteil zu setzen – und den Prozess so kurz wie möglich zu gestalten und in einer Weise, dass er sich nicht störend auf das auswirken konnte, was mir von jenem Augenblick an wie eine Eroberung oder die Partie eines Spiels erschien. Aber in jener Nacht befand ich mich im Zweifel über die Methode. Sollte ich mit Natalia Manur klar und offen sprechen? Ihr eine regelrechte, gleichsam opernhafte Erklärung machen, bevor es zu irgendeinem intimen Kontakt zwischen uns käme? Mich der Vermittlung Datos bedienen? Oder sollte ich es besser so einrichten, bei einer günstigen Gelegenheit – vielleicht in meiner Garderobe – allein mit ihr zu sein, und wie ein klassischer – das heißt altmodischer – Verführer handeln, unter der Gefahr, beim ersten Versuch zu scheitern und keine Möglichkeit zu haben, die Sache wiedergutzumachen? Die Tatsache, dass ich vor mir selbst die Art meiner Gefühle formuliert hatte (»ich muss verliebt sein oder unter dem Einfluss einer sehr starken unbekannten Anwandlung stehen, um so zu denken und zu begehren«, sagte ich mir), erschien mir plötzlich als ein gewaltiger Nachteil, der mich zwang, mit einem mehr oder minder vorbedachten Plan (der aber noch bedacht werden musste) und daher mit einer gewissen Künstlichkeit zu handeln, statt wie bisher weiterzumachen und die Dinge, wenn auch nicht passiv, so doch zumindest natürlich zu nehmen, ohne etwas zu erzwingen oder zu lenken, in abwartender Haltung, frei von Erwartungen und Entschlüssen. Wie anstrengend ist es, zu lieben, dachte ich. Sich abzumühen, Pläne zu machen, Ansprüche zu erheben, sich nicht mit Beharrlichkeit und Festigkeit zufriedengeben zu können. Wie anstrengend ist das Konkrete, dachte ich, das, was nicht ohne Inhalt sein kann. Wie anstrengend auch das, was noch kommen wird. Ich habe in meinem Leben zu sehr für grundlegende Dinge gekämpft: um gesund und vernünftig heranzuwachsen, um kein Gegenstand des Spottes zu sein, um abzunehmen, um nicht dem Despotismus meines Stiefvaters zu erliegen, um mich von ihm loszureißen, um Musik zu studieren, um Gesang zu studieren, um in Wien zu studieren, um Madrid zu verlassen, um in den kleinen, eifersüchtigen Kreis der professionellen Sänger aufgenommen zu werden, um hoch im Kurs zu stehen, um eine internationale Figur und ein Star zu sein. Ich bin auf dem Weg, in allem erfolgreich zu sein, was ich mir vorgenommen habe, und jeden Morgen, wenn ich mich eingehend im Spiegel betrachte, um die Veränderungen zu entdecken, vergewissere ich mich, dass der Triumph in meinem Gesicht geschrieben steht. Ich habe einen Agenten, der für mich Sorge trägt und immer das Beste für mich sucht, ich reise durch die Welt (wenn auch einsam), ich nehme Schallplatten auf, auf deren Cover mein Name an dritter oder vierter oder fünfter Stelle steht, ich logiere in Luxushotels wie in diesem (wenn auch einsam), ich habe genug Geld und weiß, dass ich sehr bald sehr viel mehr haben werde. Mir gefällt mein Beruf, mir gefällt es, in einem Kostüm auf der Bühne zu stehen und mich in viele Gestalten zu verwandeln und zu singen und zu spielen und nach meiner Anstrengung Beifall zu erhalten und das immer glühendere und ausführlichere Lob in den Zeitungen der Städte der Welt zu lesen. Es gefällt mir, dass die Impresarios und die Reporter von jedem Teil der Welt aus meine Telefonnummer wählen und mich anrufen, um mich unter Vertrag zu nehmen oder in meiner Wohnung in Barcelona Interviews mit mir zu machen. Dort lebe ich mit Berta, die ich vielleicht nicht liebe, die ich zweifellos nicht liebe, wie mir vor einigen Monaten während einer Aufführung von *Turandot* in Cleveland klar wurde, als Liu mich mit ihren berühmten Arien, die ihrem Tod vorausgehen, so sehr bewegte, dass ich eine unbesiegbare Liebe in mir aufsteigen fühlte, ohne dass der Gegenstand dieser Liebe in irgendeiner Weise Berta gewesen wäre, obwohl es auch keine andere bestimmte Person war und schon gar nicht die Sängerin, die den Part der verliebten und opferwilligen Sklavin sang (eine hervorragende Sopranistin, aber auch eine angehende deutsche Tonne, die die schlechte Angewohnheit hat, ihre Partner mit Spucke zu besprühen, während sie singt, und deren Namen ich jetzt nicht nennen werde, weil sie noch immer auftritt; mehr noch, ihr Stern steigt heute ebenso wie meiner). Ich hege keine Erwartung in Bezug auf Berta, wenn ich nach Hause zurückkehre, freut es mich nicht übermäßig, sie zu sehen, ich habe auch nicht das Bedürfnis oder den Wunsch, gleich mit ihr zu schlafen, vielmehr ziehe ich es vor, einige Tage zu warten, viel fernzusehen, mich zu beruhigen, mich wieder an mein Zuhause und an ein sesshaftes Leben zu gewöhnen, das in Wirklichkeit nicht existiert, hinunterzugehen und Brot zu kaufen, mich zum Zeitungskiosk zu begeben, zum Fußball zu gehen und

Barça* zu sehen. Tatsächlich habe ich mehr Freude daran, in den Momenten größter Einsamkeit auf meinen musikalischen Reisen eine Luxushure auf mein luxuriöses Zimmer zu bestellen. Aber ich bin nicht unglücklich deshalb, ich meine, aufgrund meiner mangelnden Begeisterung für Berta. Die Beziehungen zu anderen Menschen haben in meinem Leben bislang keinen großen Raum eingenommen, vielleicht, weil ich zu sehr mit meinem Vorankommen beschäftigt war, mit meinen unumstößlichen täglichen Übungen, mit der Vervollkommnung meiner Kunst und der intensiven Pflege meiner Stimme, mit dem Studium, der Praxis und wieder dem Studium. Jetzt ernte ich allmählich die Früchte und muss nicht mehr so sehr kämpfen, ich begreife, dass ich mich in das Rad eingefügt habe und sehe voraus, dass es sich nur weiter gebührend zu drehen braucht – mit mir als seinem festen Bestandteil –, damit der Ruhm und die großen Rollen (Kalaf, Otello) ganz von alleine kommen. Ich habe einige Liebesgeschichten erlebt, aber keine war von Belang oder hat mich verändert. Berta ist im Grunde vollkommen. Ordentlich, intelligent, diskret, von liebevollem und fröhlichem Charakter, der Musik ergeben, geduldig mit meinen Proben und in den Augen der meisten sehr attraktiv, obwohl sie mich schon seit einiger Zeit (mehr oder weniger seit dem Beginn unseres Zusammenlebens) nicht mehr stark genug anzieht (mich ziehen mehr die Huren an, die ich, wie ich schon gesagt habe, hin und wieder aus Einsamkeit,

---

* Barceloneser Fußballverein (A. d. Ü.)

Neugier oder zum Zeitvertreib zu mir bestelle). Sie ist weder sonderbar noch melancholisch wie Natalia Manur, die ich gleichwohl jetzt weiterhin täglich sehen möchte. Weshalb will ich sie weiterhin täglich sehen? Vielleicht, weil ich wie Liu oder wie Otello sein möchte, weil ich in diesem besonderen Augenblick meiner Geschichte oder meiner Vorvergangenheit oder meines Lebens den Versuch machen muss, mich zu zerstören oder jemanden zu zerstören. Liu ist eine chinesische Sklavin, die sich foltern lässt und sich dann selbst mit einem Dolch ersticht, um Kalaf das Leben zu retten, den sie liebt und dessen Namen die grausame Turandot von ihr fordert, um sich nicht mit ihm vermählen zu müssen und ihn im Morgengrauen hinrichten lassen zu können, wie sie es mit all ihren vorangegangenen Bewerbern getan hat. Liu ist eine verurteilte Gestalt, und so begreift sie es von Anfang an. Sie hat nur die Wahl zwischen einem Unglück und dem anderen. Entweder stirbt sie, und dann wird ihr geliebter Kalaf leben, um sich mit Turandot zu vermählen, oder sie gesteht den Namen und lebt, aber dann wird Kalaf in der Nacht sterben müssen. In keinem der beiden Fälle wird ihre Liebe Erfüllung finden können, so dass es letztlich darum geht, zwischen einem Glück (dem des Geliebten) und keinem Glück zu wählen, oder vielleicht sogar zwischen zwei Formen von Glück und keinem, wenn man sich den Gedanken zu eigen macht, dass es für den Liebenden eine vollkommene Form des Glücks sein kann, für den Geliebten zu sterben. Vielleicht ist deshalb für Liu die Entscheidung klar. Otellos Geschichte ist noch bekannter. Er denkt im Rahmen seiner Entscheidungsmöglichkeiten nicht einmal an das Glück von jemandem, es sei denn – aber dies wäre ein unmöglicher Otello – an das Desdemonas und Cassios in ihrer vermeintlichen Liebe. Es ist undenkbar, dass Otello sich zurückzieht, um das Glück seiner Frau mit demjenigen zu begünstigen, mit dem sie ihn, Jago zufolge, betrogen hat. Hätte Otello, gleich Liu, kein Gerechtigkeitsgefühl besessen ... (aber dieser Mangel existiert nur in unserem Jahrhundert). Berta ist perfekt für meine Karriere und mein allgemeines Wohlbefinden, aber ich will Natalia Manur nicht nur weiterhin täglich sehen, sondern ich habe heute Nacht auch große Lust, mit ihr zu schlafen und ebenso große Unlust, zu meinen Lebzeiten wieder mit Berta zu schlafen, dachte ich in jener Nacht. Es war, wie fast alle Nächte jenes Aufenthalts in Madrid, eine Frühlingsnacht. Ich hatte die Balkontür offen gelassen und konnte von draußen den Lärm der Autos und die eine oder andere abrupte oder zornige oder trunkene Stimme hören. Auch aus dem Innern drangen einige Geräusche zu mir, Schlüssel, die andere Zimmer öffneten, Bruchstücke ausländischer Unterhaltungen in den Gängen, das Klopfen eines Kellners mit einem Tablett oder einem Wagen an eine Zimmertür; in einem bestimmten Augenblick hörte ich den Höhepunkt eines laut ausgetragenen Streits und etwas, das an der Wand im Nebenzimmer zerbrach, es konnte ein Aschenbecher sein, der eher von der Frau nach dem Mann als vom Mann nach der Frau geworfen wurde (er sagte auf Spanisch mit kubanischem oder vielleicht kanarischem Akzent: »Du wolltest es ja nicht wissen, jetzt weißt du also Bescheid!«, und sie antwortete: »Dir werd ich Bescheid geben, du Mistkerl!«, und dann klirrte es). Natalia und Manur würden zweifellos nicht wie dieses benachbarte Paar streiten, es passte nicht zu ihnen, zu ihrer sterilen Erscheinung und ihrer sichtlichen Kälte. Könnte *ich* eines Tages, bald, morgen, heute Nacht, jetzt Anlass eines Streites sein? Ich versuchte, meine Gedanken nicht mehr zu denken, indem ich zum vorletzten Mal einen meiner kurzen Auftritte des nächsten Tages in der Rolle des Cassio probte – oder besser gesagt, memorierte, denn ich tat es innerlich: *Miracolo vago ... Miracolo vago ...*, und danach einen anderen, um dann die beiden abzuwechseln: *Non temo il ver ... Non temo il ver ...* Ich murmelte oder trällerte innerlich diese Worte ein ums andere Mal, so als wären sie nach dem dritten oder vierten Mal gegen meinen Willen in meinem Kopf hängengeblieben, als sich auf einmal alles überstürzte, so wie sich auch in dem Traum heute Morgen alles überstürzt hat. Das Bild Natalia Manurs während des Abendessens, das wir gemeinsam eingenommen hatten und das vor einer halben Stunde zu Ende gegangen war, ging mir nicht aus dem Kopf. Sie trug ein rohseidenes, leicht ausgeschnittenes Kleid – ein frühlingshafter Ausschnitt –, das meinen Blick zum ersten Mal auf den Ansatz ihrer Brüste gelenkt hatte. Es ist sehr folgenreich, wenn man zum ersten Mal einen bestimmten Körperteil einer Frau wahrnimmt, weil die Entdeckung in einer Weise blendet, dass sie einen hindert, den Blick auch nur einen Augenblick abzuwenden; sie lenkt einen von der

Unterhaltung und von der Umgebung ab, und wenn einem nichts anderes übrigbleibt, als den Blick, zum Beispiel, einem Kellner zuzuwenden, der etwas fragt, dann durchwandern die Augen auf dem Rückweg nicht den Raum, der sich zwischen dem einen und dem anderen Punkt auftut, und stellen sich auch nicht allmählich auf den Anblick ein, sondern richten sich erneut, ohne Übergang, auf das, was sie sehen möchten und nicht aufhören können zu bewundern. Und man verhält sich nicht korrekt. So hatte ich das ganze Abendessen verbracht: Ich hatte mich zu keiner Zeit an Dato gewandt, hatte Natalia zugehört, ohne sie zu verstehen, auf ihre Kommentare mechanisch und galant geantwortet, während meine unterwürfigen Augen fast reglos auf den Beginn der Mulde zwischen den Brüsten Natalia Manurs gerichtet waren, die mir außergewöhnlich erschienen. Es war eine konventionelle Entdeckung, aber ich bin in vielerlei Hinsicht ein konventioneller Mensch (ich bemühe mich sogar bisweilen, trivial zu wirken). Sie muss es bemerkt haben, und ich habe mich bestimmt lächerlich gemacht, wenn nicht Schlimmeres, aber gleichzeitig bot die Situation den Vorteil, dass ein Vorstoß meinerseits, jetzt, heute Nacht, nicht mit völliger Überraschung aufgenommen werden würde. Mein Begehren war sehr heftig in jener Nacht, wie es das Begehren in seiner ersten, vom Bewusstsein erkannten oder für das Bewusstsein erkennbaren Äußerung immer ist. Ich nahm den Telefonhörer ab und bat, man möge mich mit dem Zimmer Natalia Manurs verbinden. Während ich auf die Verbindung wartete – es dauerte, wie üblich, nur ein paar Sekunden –, wurde mir klar, dass es sich dabei auch um das Zimmer Manurs handelte und dass es nach halb eins war. Es mochte nicht länger als eine halbe Stunde her sein, dass wir, Dato, Natalia und ich, uns wie gewöhnlich im Fahrstuhl getrennt hatten. Sicher schlief sie noch nicht, und vielleicht war Manur noch nicht von seinem vermutlichen Geschäftsessen zurückgekehrt. Wenn Manur den Hörer abnähme, würde ich jedoch auflegen, ohne etwas zu sagen, genauso als wäre ich einer der Liebhaber, die Natalia Manur nicht hatte. Es war die Stimme Manurs (»Allô?«, sagte er zwei- oder dreimal, um sich dann zu korrigieren und »Ja, bitte?« zu sagen, ein einziges Mal), und ich legte auf, und aus diesem Grund und aus keinem anderen ließ ich in jener Nacht eine Hure auf mein Zimmer kommen. Ich weiß, dass dieses Geständnis einen sehr schlechten Eindruck machen und mich um eure Sympathien bringen kann, aber auch diese Hure ist in meinem Traum heute Morgen erschienen, und er ist es, den ich euch erzähle.

Diese Entscheidung war weder ein Akt momentaner Verzweiflung oder simplen Verdrusses noch von der Unmöglichkeit diktiert, mein Begehren für Natalia Manur zu befriedigen (ich will glauben, dass der Gedanke der Entschädigung in keiner Weise mit hineinspielte), sondern vielmehr der Rückgriff auf ein rasches und sicheres Mittel, um mich von der Unruhe zu befreien, die mich erfasst hatte, als ich den Telefonhörer abhob, und um mir die Zeit der Schlaflosigkeit zu vertreiben, die mich erwartete, weil ich dann aufgelegt hatte. Tatsächlich war es ungewöhnlich, dass ich am Vorabend einer

Premiere auf einen solchen Gedanken kam, denn mein Umgang mit Huren war recht sporadisch, ungeachtet dessen, was ich zuvor gesagt habe. (Niemals bei wichtigen Terminen.) Ich beschloss, dass es besser war, wenn ich die Sache persönlich regelte, und ging daher hinunter zur Portiersloge oder zur Rezeption und fragte die Person mit der gepflegten und achtbaren Erscheinung, die dort Dienst tat, taktvoll, aber mit einem sichtbaren Geldschein, welche Möglichkeiten bestünden, zu dieser Stunde angenehme Gesellschaft zu finden, wenn ich auf die Straße oder in irgendein Lokal ginge. Es ist dies eine gute Methode, das renommierte Hotel bei solcherlei Diensten nicht mit einer beleidigenden Unterstellung zu kompromittieren und seinen Angestellten gleichwohl Gelegenheit zu geben, sich für die entsprechende Vermittlung anzubieten (ich weiß aus Erfahrung, dass selbst Hotels, denen Kundschaft und Tradition einen ehrwürdigen Ruf eingebracht haben, diese Art von Dienstleistung erbringen können, für die überdies große Nachfrage seitens der potentiell selbstmörderischen oder mörderischen Handelsreisenden besteht, die dann und wann in ihnen logieren, sowie seitens von Geschäftsleuten wie Manur, wenn sie alleine absteigen). Der Nachtwächter schaute mich ohne jede Komplizenschaft an, erkannte mich und riet mir mit der gleichen Umsicht, mit der er einem Touristen den Weg zum Königspalast erklärt hätte, sogleich davon ab, mich auf die Straße zu begeben (»Darf ich offen zu Ihnen sprechen? Wenn Sie das Terrain nicht gut kennen und nicht über einen eigenen Wagen verfügen«, sagte er und machte eine ganz kurze

Pause, damit ich beides mit einem Kopfschütteln verneinen konnte, »dann können Sie die Castellana hinauf ziemlich viel Zeit verlieren«, und nachdem er unter der Theke einen bereits entfalteten Stadtplan hervorgeholt hatte, zeigte er auf den Paseo de la Castellana und fuhr ihn mit seinem äußerst gepflegten Zeigefinger bis zum Ende entlang, »bevor Sie etwas Annehmbares finden, also weder Travestiten noch drogensüchtige Mädchen, denn ich nehme an, dass Ihnen auch nicht an einer allzu volkstümlichen Gesellschaft aus dem Zentrum gelegen ist, nicht wahr?« Mir fiel auf, dass er das heute wie damals so hoch im Kurs stehende Wort »volkstümlich« benutzte, um sich, wie ich vermutete, auf den Pöbel des zentralsten Zentrums der Stadt zu beziehen), und gab mir zu verstehen, er könne es vielleicht bewerkstelligen, dass eine der Masseusen *des Hauses* (er betonte die Worte »des Hauses«, als handelte es sich dabei um eine große Garantie, und fügte hinzu »wenn es Ihnen recht ist«) in fünfzehn oder zwanzig Minuten auf mein Zimmer käme, wenn ich so lange warten wollte. Ich sagte: »Ja, ich werde warten«, und fragte ihn, ob ich den Dienst gesondert begleichen sollte oder ob man ihn mir auf die Rechnung setzen würde, wobei ich vergaß, dass Letzteres nicht möglich war, da nicht ich, sondern die Veranstalter von Verdis *Otello* sie bezahlen würden. Er, besser beraten, neigte zu der ersten Lösung und verkündete mir, die Beauftragte selbst (jetzt bezeichnete er sie so, als »Beauftragte«) werde mir die Rechnung vorlegen. Nachdem er das Wort »Rechnung« ausgesprochen hatte, nahm er schließlich den Geldschein an sich, den ich auf die Theke gelegt hatte und der dort während der kurzen Unterhaltung liegen geblieben war, als wäre er ein gesäuberter, unauslöschlicher und alter Fleck im Holz, dem niemand mehr Beachtung schenkt. Ich ging wieder in mein Zimmer hinauf.

Heute, da ich all dies niederschreibe, fast ohne innezuhalten (obwohl ich, von Hunger getrieben, gerade eine Pause eingelegt habe, um endlich zu frühstücken, auf die Gefahr hin, damit endgültig die nächtliche Sphäre zu verlassen), bedaure ich es außerordentlich, dass ich mich der Frau gegenüber, die eine Viertelstunde später an meine Tür klopfte, so wie der Portier mir angekündigt hatte, nicht entspannter und kavaliersmäßiger verhalten habe. Wenn ich aufmerksamer und weniger kleinlich gewesen wäre, hätten die Dinge vielleicht einen anderen Verlauf genommen, mit ihr und mit dem Ehepaar Manur. Heute (aber es ist zu spät) biete ich ihr meinen Arm, wenn sie hereinkommt, stelle ich mich mit Vornamen, Namen und Beruf vor, helfe ich ihr, den Mantel auszuziehen, bitte ich sie, Platz zu nehmen, serviere ich ihr etwas aus der sogenannten Minibar meines Zimmers, mache ich ihr Komplimente über ihre Kleidung und das Lächeln oder die Farbe der Augen, und wenn sie geht – vielleicht nicht, wie es geschah, schon zehn oder fünfzehn Minuten nach ihrer Ankunft, sondern eine halbe Stunde, eine Stunde später –, schenke ich ihr zwei Eintrittskarten für die Premiere von Verdis *Otello* im Teatro de la Zarzuela und bitte sie nachdrücklich, sie möge es am Schluss der Vorstellung nicht versäumen, mit ihrem Begleiter, der, denke ich, sehr gut der so effiziente Portier und Brautführer gewesen sein könnte, in meine Garderobe zu kommen und mich zu begrüßen. Heute empfinde ich in der Tat sehr viel mehr Neugier als damals schon für diese schnelle Hure, die ihren Schlaf oder ihre Beschäftigung unterbrach (das Letztere, denn sie hatte eine Verabredung verschoben), um die Laune eines armen unruhigen und verliebten Gastes zu befriedigen, wenn sie auch nichts von meiner Verliebtheit oder meiner Unruhe wusste.

Ich erinnere mich sehr gut, dass ich beim Öffnen der Tür als Allererstes den schwarzen Mantel sah, den sie trug. Es wunderte mich, denn zu dieser Zeit des Jahres sah man bereits keine Mäntel mehr in Madrid, wo, wie man weiß, der Übergang von der winterlichen Kälte zu fast sommerlicher Milde so rasch vonstattengeht. Unter diesem Mantel trug die Hure ein knappes malvenfarbenes Kleid, das aus Atlas zu sein schien, aber aus Rayon sein konnte, und vielleicht war die Kürze des Letzteren die Erklärung für Ersteren: Man konnte nicht mit einem so winzigen und so eng anliegenden Stück Stoff durch die Gänge eines ehrwürdigen Hotels gehen. Sie zog ihn aus und legte ihn auf einen Sessel (den Mantel, meine ich), während ich sie flüchtig beobachtete, und dann fragte ich sie sofort, ohne ihr auch nur einen Platz anzubieten: »Wie heißt du?«

»Claudina. Und du?«

»Emilio«, log ich absurderweise, denn der Portier kannte nicht nur meinen Namen und sicher auch meine Person, sondern hatte meine sämtlichen Angaben zu seiner Verfügung, einschließlich meines Barceloneser

Wohnsitzes: Wenn er wollte, könnte er mich sogar bei meiner Rückkehr erpressen. Und was würde Berta sagen, wenn sie es erführe? Aber mir fiel ein, dass Berta nicht mehr zu meinem Leben gehörte.

Ich schaute das Gesicht, das aus der Malvenfarbe ragte, genauer an. Die Hure war auf den ersten Blick ziemlich attraktiv, sie hatte weich geschwungene, große Gesichtszüge und einen lasterhaften Ausdruck, leicht lasziv, wie es sein muss. Was sie, nach der geringen Aufmerksamkeit zu urteilen, die sie mir schenkte (sie richtete ihre Augen auf nichts Bestimmtes, selbstverständlich nicht auf mich), nicht zu sein schien, war übermäßig begeistert; ich meine, sie schien nicht bereit, während ihrer Arbeit die Begeisterung vorzuspielen, die manche Kunden erwarten und für die sie so dankbar sind. Sie war eine von denen, die sich darauf beschränken, da zu sein, dachte ich. Ich schloss die Balkontür, und dann wurde die Stille noch tiefer.

»Woher bist du?«, war das Nächste, was mir zu sagen einfiel, oder das Nächste, was ich wissen wollte. Diese Frage ist nur in den Hauptstädten zulässig.

»Ich bin aus Argentinien. Und du?«, antwortete die Hure Claudina ohne den geringsten Anflug eines Akzents dieses Landes.

Aber ich war derjenige, der bezahlen würde, und ich wollte den Dialog lenken; ich hatte Lust zu fragen, aber absolut keine, zu antworten.

»Aha. Aha. Aus Buenos Aires?«

»Nein, ich bin in der Pampa geboren, in der Provinz Córdoba.«

Diese Behauptung wurde, als wäre noch irgendein Zweifel möglich, mit eindeutigem – volkstümlichem – Madrider Akzent geäußert, weshalb es mir absurd zu erscheinen begann, eine Unterhaltung fortzusetzen, in der der befragte Teil nicht nur systematisch log (was normal war), sondern darüber hinaus nicht die geringste Anstrengung unternahm, dem Schwindel einen Anschein von Wahrscheinlichkeit zu verleihen. Dennoch wollte ich sehen, wie sich diese unleugbar spanische Hure mit ihren bescheidenen Phantasien aus der Affäre ziehen würde. Ihre Figur war sehr annehmbar und das Gesicht – bestätigte ich mir nach einer etwas eingehenderen Prüfung – ziemlich angenehm, wenn auch entstellt durch die in diesem Beruf üblichen übertriebenen Mundbewegungen, die sie beim Sprechen machte.

»Und was denkt man dort über das hiesige Córdoba?« Es war natürlich eine idiotische Frage, aber ebendeshalb schwer zu beantworten für eine Madriderin, die wahrscheinlich niemals aus ihrem Land herausgekommen war, und daher geeignet, ihre Phantasie auf die Probe zu stellen. Es verdross mich, dass sie sie nicht beantworten wollte: Wenn man den Dienst einer Hure in Anspruch nimmt, erwirbt man weitgehend *auch* das Recht, eine Vorstellung zu *diktieren*, und ihre Reaktion ärgerte mich genauso, wie ich mich als Kind darüber geärgert hatte, dass ein Spielkamerad sich bei unseren erfundenen Geschichten nicht an den Handlungsverlauf und die Dialoge hielt, die ich mir bei jeder Gelegenheit ausdachte.

»Hör mal, Emilio«, antwortete sie, »ich hab nicht

viel Zeit, weißt du? Ich bin jetzt schon zu spät dran für eine Verabredung, die ich vorher ausgemacht hatte. Sei mir nicht böse, aber versuch zu verstehen, dass ich mir die Zeit für dich nehme, weil Céspedes mich darum gebeten hat.«

Die Hure Claudina nannte den Portier und Brautführer also »Céspedes«, dachte ich und fragte mich sogleich, wie Natalia Manur mich nennen mochte, ob bei meinem Vornamen oder bei meinem Familiennamen, wenn sie mich vor Dato oder vor Manur selbst erwähnte. Das Geräusch der Autos war wieder hörbar, nachdem unsere Ohren (die meinen) sich an die tiefere Stille gewöhnt hatten. Meine ganze Unruhe und meine Lebhaftigkeit waren jedoch in einigen wenigen Minuten fremder Lustlosigkeit und dialogischen Ungeschicks verschwunden. Meine unhöfliche Haltung war ein Irrtum gewesen, aber ich dachte, dass es ohnehin immer die Frauen sind, die bei einer Begegnung oder einem Gespräch den von ihnen gewünschten Ton bestimmen. Selbst die Hure Claudina war allein dadurch, dass sie ihren Blick nicht auf mich richtete, imstande, mich zu entwaffnen und mich von meinen ursprünglichen Absichten abzubringen. Ich war froh, dass ich in jener Nacht kein zweites Treffen mit Natalia Manur erzwungen hatte: Hätte auch sie ihren Blick nicht auf mich gerichtet, dann hätte ich sehr wahrscheinlich aufgehört, sie zu begehren, so wie ich die Hure Claudina nicht im Mindesten begehrte, nachdem ich sie fünf Minuten vor mir gesehen hatte, gleichgültig, verlogen, wenig phantasievoll, übermüdet und (meine Schuld) noch immer stehend. Dennoch versuchte ich, meine Position wieder ins Lot zu bringen.

»Wenn es so ist, dann lass mich wenigstens über diese Zeit bestimmen«, entgegnete ich scharf.

»Schön, ich habe zwanzig Minuten.« Und sie schaute auf die Uhr, wie Manur auf sie geschaut hatte, das einzige Mal, als ich mit ihm gesprochen hatte. »Was soll ich dir erzählen? Meine Kindheit nicht, wenn ich bitten darf.«

Nein, das war nicht die richtige Art. Jetzt fühlte ich mich wirklich verletzt, und im Grunde wollte ich nicht, dass sie mir etwas erzählte, ich wollte mir nur auf meine Art die Zeit vertreiben, eine Zeitlang den Charakter wechseln, proben, vielleicht spielen. Ich hatte sie ungebührlich behandelt, sie hatte sich geärgert und war dazu übergegangen, mich mit Antipathie und Ungeduld zu behandeln. Die neue Unterhaltung, die mögliche Szene, die harmonische und gerechte Verteilung der Rollen waren von Anfang an zum Scheitern verurteilt.

Sie hatte sich bei dem Wort »schön« schließlich gesetzt und zeigte jetzt – die Beine übereinandergeschlagen, den Blick nach wie vor unaufmerksam, schweifend – ihre ganzen Oberschenkel, so dass ich mich meinerseits auf die linke Lehne des Sessels setzte und sie ein wenig berührte, meine Fingerspitzen auf der Vorderseite. Sie setzte sich augenblicklich gerade hin, um mir die Liebkosung zu erleichtern, aber in dieser Bewegung lag keine Provokation, sondern Nachlässigkeit. Die Oberschenkel waren weicher, als sie ausgesehen hatten, tatsächlich waren sie zu weich und fühlten sich vernarbt an, was sie nicht gerade angenehm bei der Berührung machte. In diesem Augenblick wurde ich außerdem gewahr, dass die Haut der Hure Claudina nicht braun genug war, um malvenfarbene Kleidung zu tragen. Sie hätte noch etwas warten müssen, bis zum Sommer, um sich dieses Kleid anzuziehen, aber das konnte sie sicher nicht wissen. Huren haben keinen Geschmack, was Farben betrifft. Ich berührte sie weiter, mit der ganzen Hand, und ihre blassen, weichen Oberschenkel mit ihrer gespannten Glätte, ihrer künstlichen Straffheit erinnerten mich plötzlich an meine eigenen Oberschenkel, als ich ein Kind (ein dickes Kind) war und sie beständig sehen musste, denn mein Stiefvater erlaubte mir bis zu meinem sechzehnten Lebensjahr nie, lange Hosen zu tragen, unter dem Vorwand, die ständige Reibung meiner dicken Beine würde sie durchscheuern. Und obwohl die der Hure Claudina schlank und gut geformt waren, hatte ich das Gefühl, die Oberschenkel eines früheren Ich zu berühren. Der Gedanke verstimmte mich. Die Hure Claudina öffnete die Beine, um mir die Innenseite darzubieten, aber sie tat es träge und eilig, wenn denn diese Kombination möglich ist.

»Nein«, sagte ich, und sie, leicht verwundert, richtete schließlich ihre grauen Augen auf mich. Ich schloss ihr die Oberschenkel und stand auf. Ich nahm ihren unzeitgemäßen Mantel von dem anderen Sessel: Es war eine unwiderrufliche Geste. »Das Beste wird sein, wir sehen diese Zeit für abgelaufen an und du eilst zu deiner anderen Verabredung. Hast du die Rechnung? Der Portier hat mir gesagt, du würdest die Rechnung mitbringen.«

»So brauchst du es nun auch wieder nicht zu nehmen, Verabredungen können immer warten«, sagte die Hure Claudina, noch immer sitzend, mit einem Anflug von Eigenliebe und einem Ton, der auf Versöhnung aus war, auf jene minimale Versöhnung, die notwendig ist, damit das Geld von einer Hand in die andere übergehen kann, so gut oder schlecht es auch verdient sein mag, auf welche Weise man es auch erhalten hat.

Aber es war zwecklos, wieder von vorne zu beginnen. Ich hatte nicht die geringste Lust, mit Claudina zusammenzubleiben, zumal ich nicht in aller Ruhe mit ihr sprechen und sie zum Beispiel fragen konnte, wie es möglich war, dass sie in Argentinien geboren war und einen so starken Madrider Akzent besaß.

»Du hast überhaupt keinen argentinischen Akzent«, sagte ich zu ihr, während ich ihr ich weiß nicht mehr ob drei oder vier Geldscheine aushändigte: Es waren die gleichen wie der, den ich dem Portier für die Gefälligkeit gegeben hatte.

»Wie, keinen Akzent?«, antwortete sie aufrichtig überrascht. »Wo ich doch gerade den Akzent nicht loswerde, sosehr ich es auch versuche. Ich muss es wissen, denn ich habe schon mehrere Rollen im Theater und im Fernsehen deswegen verloren.«

In jener Nacht schlief ich nicht gut. Ich hatte verworrene Träume, die mein Traum heute Morgen jedoch nicht hat wiedergeben wollen. Aber wenigstens gelang es mir einzuschlafen, sobald ich allein war, während mich inmitten der immer tieferen Stille der Stadt der verspätete Zweifel beschäftigte, den ich nun niemals würde zerstreuen können, ob die Hure Claudina letztlich eine echte Argentinierin und eine großartige Schauspielerin war, der es wie durch ein Wunder gelungen war, jede Spur ihrer Herkunft zu tilgen, ohne dass sie selbst es wusste, oder ob sie eine überaus plumpe Madriderin war, der man anmerkte, dass sie sich sehr wohl bemühte, ihre Aussprache zu verbergen und ihren Lügen Wahrscheinlichkeit zu verleihen, obwohl in diesem Fall nur sie das wissen könnte. Als ich die Augen schloss, nachdem ich kurz die leere Wand betrachtet und, wie ich es damals zu tun pflegte, gedacht hatte, dass wieder eine Nacht vor mir lag, in der niemand meinen Schlaf bewachen würde, roch das ganze Zimmer noch immer nach der Hure Claudina, und man muss sagen, es roch gut.

Statt einen Großteil des Tages hier mit diesem Federhalter und diesen Blättern zu verbringen, wollte ich heute mit dem Studium der neuen Rolle beginnen, ebenfalls eine Partie von Verdi, die ich demnächst in Verona und Wien singen werde: Es wird meine erste Interpretation des Radames in *Aida* sein. Einem Tenor bleibt nichts anderes übrig, als sein ganzes Leben lang Verdi zu singen, es sei denn, er spezialisiere sich auf Wagner, was ich nicht getan habe und auch niemals tun werde. Die Wagner-Sänger sind obsessive und ungeheuer manische Personen, oder, besser gesagt, sie sind nicht nur äußerst manisch – wie wir Musiker es im Grunde alle sind –, sondern sie setzen darüber hinaus alles daran, originell zu wirken, sowohl in ihrem Gesang als auch in ihren Gewohnheiten, und nichts treibt einen mehr zum Wahnsinn als dieses Bestreben, wie jeder weiß, der irgendeinen direkten Kontakt mit der Schaffung oder Verbreitung von Kunst gehabt hat. Ich habe viele Manien. (Zum Beispiel hat der Federhalter, mit dem ich jetzt gerade schreibe, eine schwarze und matte Feder wie alle meine Federhalter, denn eine goldene und glänzende – das Übliche – würde meine Augen schädigen, die sich beim Schreiben auf eine Stelle richten, die nur einen Millimeter von der reflektierenden, über das Papier kratzenden Feder entfernt ist.) Aber ich werde niemals Extreme erreichen, wie Hörbiger sie pflegt, der zwar in der viertletzten Saison in Madrid als Otello aufgetreten ist, aber vor allem Wagner sang und von allen Wagner-Partien vor allem Tristan und Tannhäuser. Er war seinerzeit ein genialer Neuerer in der Interpretation dieser Partien, aber seine Originalitätssucht ist mit der Zeit immer stärker und umfassender geworden, je mehr seine Fähigkeiten mit den Jahren schwanden, und in den letzten Jahren seiner Karriere prahlte er mit seiner eigenen Exzentrik und erzählte selbstgefällig, er müsse elf Stunden schlafen, viermal täglich die Kleidung wechseln, dreimal baden und zweimal mit einer Frau schlafen, um ein Minimum an Wohlgefühl zu erlangen. Wenn das stimmte, dann weiß ich nicht, wie ihm noch Zeit für irgendetwas anderes blieb. Aber seine wahre Manie und sein wahres Drama bestanden darin, dass er nicht auf die Bühne gehen konnte, wenn er, einige Minuten vor Beginn der Vorstellung hinter dem Vorhang verborgen – ein flinkes, blutunterlaufenes Auge, das alle paar Sekunden mit dem Guckloch zusammentraf –, feststellte, dass es einen einzigen freien Parkettsitz gab. Es war ihm egal, was sich auf den Rängen tat (obwohl sie ihm voll lieber waren), aber da er an die ständigen Triumphe seiner Jugend gewöhnt war, empfand er das dringende Bedürfnis, das Parkett und die Logen ohne lichte Stellen zu sehen. Eben dies ist jedoch eine Minute vor Beginn nie der Fall, weil ein Teil des Publikums immer zu spät kommt, und deshalb zwang Hörbiger die Impresarios, den Vorhang fünf, sieben, zehn, zwölf und sogar fünfzehn Minuten später als zur vorgesehenen Zeit hochzuziehen, um den Nachzüglern Zeit zu lassen und auf diese Weise das Parkett und die Logen bis auf den letzten Platz gefüllt zu sehen. Die Pünktlichen ärgerten sich, und das gelangweilte Orchester stimmte ein ums andere Mal die Instrumente, zur Verzweiflung der anwesenden Ohren. Aber trotz dieser großzügig gewährten Verspätungen – zu denen sich die Veranstalter von vornherein bereit erklärten, um sich die Anfälle von Verzweiflung, das Gebrüll (bisweilen auf der anderen Seite des Vorhangs hörbar), die Ohnmachtsanwandlungen und die Schmähungen Hörbigers zu ersparen, der sich beeilte, sie als Ignoranten und Menschenschinder zu beschimpfen, und sie beschuldigte, sich mit einem ihm übelwollenden Kollegen verschworen und seinen Auftritt nicht in angemessener Weise angekündigt zu haben – gibt es auch immer wieder Abonnenten oder geladene Gäste, die krank werden oder auf Reisen sind und vergessen, ihre Eintrittskarten ihren Freunden zu schenken, weshalb Hörbiger, als er dieses

Problem schließlich erkannt hatte, es sich zur Gewohnheit machte, uns übrige Sänger und den Dirigenten unermüdlich und auf grobe Art zu ermahnen, damit wir, wenn wir unser Quantum an Einladungen in Anspruch nahmen, uns vergewisserten, dass wir sie Personen übergaben, die es unter keinen Umständen versäumen würden zu kommen, oder dafür Sorge trügen, dass jemand an ihrer Stelle käme. Und damit nicht zufrieden, forderte er von den Impresarios, in den Gängen des Theaters nicht weniger als fünfzehn Angestellte oder zu diesem Zweck unter Vertrag Genommene bereitzuhalten (»Macht man das im Fernsehen etwa nicht?«, hörte ich ihn drohend dem – verstorbenen – Madrider Bürgermeister persönlich an den Kopf werfen), die im Notfall und wenn nach dem viertelstündlichen Aufschub noch Plätze leer blieben, Einzug in den Saal halten und unverzüglich die Lücken füllen konnten. Hörbigers Drama wurde in jeder Saison gravierender, denn nachdem er in seiner Jugend ein echtes Genie und in der Zeit der Reife ein Künstler unvergleichlichen Talents gewesen war, hatte er in den letzten Jahren im Eiltempo die Stimme und die Kunst verloren und zog bei jeder Vorstellung weniger Publikum an, weshalb er nach und nach die Frist für die Zulassung der Nachzügler verlängerte (die wiederum, da sie Hörbigers Manie bereits kannten und nicht geneigt waren, die bekannte Wartezeit abzusitzen, jedes Mal später kamen und damit den Teufelskreis schlossen) und die Zahl der Angestellten oder zu diesem Zweck unter Vertrag Genommenen erhöhte, die sich bereithalten und auf Befehl die unvermeidlich unbesetzten

Plätze einnehmen mussten. Bei seinen vorletzten Auftritten, so erzählen seine Kollegen, seien die Gänge und das Foyer der jeweiligen Theater, in denen sie stattfanden, mit seltsamen, krawattentragenden Tölpeln bevölkert gewesen, denen man ansah, dass sie nie zuvor einen Fuß in eine Oper gesetzt hatten, und die – zweifellos ausschließlich Fernsehzuschauer – nicht einmal zu wissen schienen, dass es sich ziemte, während der Vorstellung Schweigen zu bewahren. Und von seinem letzten Auftritt, in München und abermals in der Rolle des Otello, in der ich ihn sah, heißt es, mehr als die Hälfte aller Plätze sei nicht nur von diesen falschen Opernliebhabern oder angeheuerten Lümmeln und von den spärlichen Zuschauern der Ränge besetzt gewesen, die man zur Erbitterung derer, die die höchsten Preise bezahlt hatten, aufforderte, hinunterzukommen, sondern auch von den Platzanweisern, Portiers, Garderobefrauen, Putzfrauen und sogar Kartenverkäuferinnen, deren Mitwirkung sich als so notwendig und dringend erwies, dass sie nicht einmal Zeit hatten, ihre Uniformen, Kittel und Arbeitskleidung gegen etwas Gesellschaftsfähigeres auszutauschen, und wären es auch nur jene schiefen und schlecht geknüpften Krawatten gewesen, die noch vor kurzem genügt hatten, um andere Theater zu füllen, ohne dass Hörbiger sich vorstellen konnte, dass er sie eines baldigen Tages vermissen würde. An jenem Tag in München, nicht weit vom sommerlichen Schauplatz seiner größten Wagner-Triumphe entfernt, setzte der große Hörbiger einen so konsequenten wie unerwarteten Schlusspunkt unter seine unglaubliche Karriere: Als fünfundvierzig Minuten nach dem vorgesehenen Beginn von Verdis *Otello* und nachdem man, wie ich bereits gesagt habe, sämtliche Personen mobilisiert hatte, die sich im Gebäude befanden (man griff auch auf das nicht unbedingt notwendige Bühnenpersonal zurück), um das Parkett und die Logen zu füllen; als also in diesem Augenblick der bewundernswerteste *Heldentenor* unserer Zeiten einmal mehr sein gerötetes Auge dem Spalt im Vorhang näherte und mit Hilfe des kleinen japanischen Fernglases, dessen er sich bisweilen bediente, um besonders große Säle zu inspizieren, voll Entsetzen eine lichte Stelle in der vorvorletzten Reihe, genau am Rand des rechten Seitenganges, ausmachte, erklang im Theater ein schriller Ton, den niemand je hat wiederholen können und für den das Wort Klagelaut – so erzählt man – eine schwache Definition ist. Ich vermute, dass dieser letzte, unerlöste leere Platz seinen schon ziemlich angegriffenen Verstand endgültig verwirrt hat, denn so wie er war, in seinem Otello-Kostüm, das Gesicht schwarz angemalt, mit üppiger, krauser Perücke, die Augen und den Mund durch die Schminke vergrößert, den Ohrring im Ohr und das Fernglas in der Hand, trat der grandiose Hörbiger vor den Vorhang, stieg ins Parkett hinunter, durchquerte es entschiedenen Schrittes unter den erstaunten Blicken des bereits erregten Publikums, setzte sich auf jenen einzigen anklagenden Parkettplatz und komplettierte auf diese Weise das Fassungsvermögen des Saales, das sein Verderben gewesen war. Als der Dirigent persönlich (Parenzan, ein alter Freund von ihm) ihn holen ging und mit guten Worten und sehr viel Takt versuchte, ihm begreiflich zu machen, dass er auf die Bühne zurückkehren müsse, damit die Vorstellung beginnen könne, und ihm versicherte, er würde sofort auf die Straße gehen und irgendeinen Passanten einladen, damit dieser seine Stelle einnehme, schrie Hörbiger, völlig wahnsinnig und ohne Parenzan, den einstigen Gefährten seiner Erfolge, zu erkennen, er habe seine Eintrittskarte bezahlt, um den Göttlichen zu sehen und zu hören, und werde unter keinen Umständen seinen Platz verlassen oder einem Unbefugten seine Karte abtreten, die er mit so viel Mühe nach monatelangem Sparen und tagelangem Schlangestehen vor den Kartenschaltern dieses unerträglichen Theaters erstanden habe. Und es sei schon lange Zeit, brüllte er empört, dass der Scherz ein Ende habe und die Vorstellung beginne. Das Publikum ging darauf ein und applaudierte diesem Satz, womit es unbewusst die Verdoppelung des Tenors anerkannte und, ohne sich dessen gewahr zu werden, dem Urheber seines Unbehagens eine letzte Ovation darbrachte. Hörbiger verließ die Münchner Oper als Mohr von Venedig verkleidet und in den Armen seiner Kollegen Jago, Cassio, Rodrigo und Montano, denen nichts anderes übrigblieb, als ihn inmitten des Aufruhrs des echten Publikums mit Gewalt aus jenem so fernen seitlichen Platz zu entfernen. Seitdem ist Hörbiger nie wieder aufgetreten. Ich weiß nicht, wo er jetzt ist, und ich will es mir lieber nicht vorstellen, während ich den Blick auf diese schwarze Feder richte, die über das Papier kratzt, denn ich fürchte, es könnte an einem Ort sein, wo man ihn vielleicht ermuntert, seine unerlässlichen elf

Stunden zu schlafen, und ihm erlaubt, sooft zu baden und die Kleidung zu wechseln, wie er will, aber an dem es vielleicht schwierig für ihn ist, zweimal täglich mit einer Frau zu schlafen. Wie dem auch sei, zu seiner Ehre lässt sich sagen, dass der große Hörbiger, so verstiegen und betrügerisch seine Methoden auch gewesen sein mochten, es seit dem Tag seines Debüts bis zu seinem unvorhergesehenen Abschied stets vermocht hat, das Parkett und die Logen jedes Theaters zu füllen, auch wenn er sich zu diesem Zweck an jenem letzten Tag, an dem er nur einen Ton von sich gab und nur eine Ovation hörte, in den ungeduldigsten, bedingungslosesten und ergebensten Zuschauer seiner selbst verwandeln musste. Armer großer Hörbiger. Uns alle erwartet ein ähnliches oder nicht viel besseres Ende, aber ich zweifle nicht daran, dass die Wagnerianer aufgrund ihrer Originalitätssucht besonders gefährdet sind, mit Pauken und Trompeten unterzugehen. Deshalb bin ich kein Wagnerianer und werde auch nie einer sein.

All dies geschah vor zwei Jahren. Vor vier Jahren war die Situation bei weitem nicht so gravierend, aber schon damals versuchte Hörbiger, zusammen mit anderen gefeierten oder aufsteigenden Sängern aufzutreten, die für sich allein das Publikum anzogen, war er sich doch trotz seiner fortschreitenden Beschränkung bewusst, dass er allein nicht mehr genügte, um die Säle bis auf den letzten Platz zu füllen. In Madrid waren die Gefeierten Volte oder Jago und Desdemona oder die Priés; der vielversprechende Künstler war ich. Das Vielversprechende löst Beunruhigung aus und besitzt größere

Anziehungskraft als das Sichere und Bestätigende, und deshalb ist es nicht weiter verwunderlich, dass am Tag der Premiere von Verdis *Otello* im Teatro de la Zarzuela ich derjenige der vier Hauptdarsteller war, der die meiste Aufmerksamkeit der Journalisten auf sich zog, wenn ich auch nicht leugne, dass meine Nationalität etwas damit zu tun hatte (auf die ich noch nicht verzichtet habe) sowie die Tatsache, dass keiner meiner Kollegen mehr als drei Worte Spanisch sprach. Wie dem auch sei (ich erwähne dies im Hinblick auf eine spätere Bemerkung), seitdem ich früh am Morgen, umgeben von einem Rest angenehmen, billigen Parfüms, von dem ich nicht weiß, ob es in meiner Erinnerung oder in meinem Zimmer schwebte, aufgewacht war, hatte das Telefon nicht zu klingeln aufgehört. Das ging so weit, dass ich beim vierten Anruf, der zu einer so frühen Stunde wie halb zehn erfolgte, als ich mich gerade rasierte, um hinunterzugehen und in der üblichen Gesellschaft Datos und Natalia Manurs zu frühstücken, kurz davor war, nicht abzunehmen und sogleich die Zentrale zu bitten, mir keinen Anruf mehr durchzustellen. Aber (und hier folgt die Bemerkung) in diesem ganzen Traum und in dem Vorspiel zu meiner Liebesgeschichte mit Natalia Manur (aus dem fast der ganze Traum bestanden hat) gab es heute Morgen und gab es damals eine Mischung aus Absicht und Unfreiwilligkeit, als hätte es der Absicht genügt, sich zu manifestieren, sich anzukündigen, in embryonalem Zustand aufzutreten oder kurz aufzuscheinen, damit die von ihr gerade nur erahnten oder angedeuteten Pläne oder Wünsche Umstände entstehen sahen, die sie ermöglichten (oder die Fortdauer dieser imminenten Absicht ermöglichten) und die nicht auf meinen nach wie vor nur im Ansatz vorhandenen und niemals bekräftigten Willen zurückzuführen waren, diese Pläne oder Wünsche zu verwirklichen. Ich glaube, dass es in diesen Augenblicken, wie auch in vielen anderen dieses Vorspiels, auf meiner Seite keine wirklichen Versuche noch Manöver, noch Anstrengungen, ja überhaupt kaum ein Handeln gegeben hat, und ich weiß nicht, ob mich dieser Umstand von irgendeiner Verantwortung für das befreit, was damals geschehen ist und was heute geschieht. Aber etwas kam ins Spiel, etwas, das gleichwohl und aus diesem Grund nicht das sogenannte Schicksal noch der sogenannte Zufall gewesen sein konnte. Eine Hand also, vielleicht. (Eine winzige Hand, ein Zeigefinger, vielleicht.) Ich kann es nur annähernd erklären, wozu ich ohnehin gewöhnlich neige: Es war, als müsste ich nichts mehr tun, nachdem ich an das Tun gedacht hatte, und das ist mehr oder minder, was uns beim Träumen widerfährt. Vielleicht erscheint mir deshalb diese Geschichte oder diese Vergangenheit oder dieses Bruchstück meines Lebens wahrscheinlich, nachdem es aufgehört hat, nur Wirklichkeit zu sein und auch ein Traum ist, von heute an. Denn nichts und niemand stellt die Träume in Frage, sie sind nicht hinterfragbar und bedürfen auch keiner Rechtfertigung. Sie erzählen sich allein, in ihrer Ordnung und mit ihren endgültigen Bildern, und alles ist in ihnen möglich, sogar, dass Natalia Manur nicht existiert hat: Denn heute Morgen habe ich sie nie deutlich gesehen, sie war nicht gegenwärtig und hatte kaum eine Stimme, und so erzähle ich sie euch, ohne dass ihr ihr Gesicht sehen, fast ohne dass ihr ihre Worte hören könnt, so wie auch ich, obwohl ich beides so gut kenne, sie kaum gesehen oder gehört habe. Es ist möglich, dass sie heute Morgen nur ein Name gewesen ist, Natalia Manur.

Ich ließ den Spiegel auf das Bett fallen und nahm den Telefonhörer ab, noch immer mit dem elektrischen Rasierapparat in der anderen Hand; und ich erkannte sogleich die Stimme, dieselbe Stimme, die mich in der vergangenen, schon fernen Nacht so leicht in die Flucht geschlagen hatte. Trotz des fehlenden Akzents in meiner Sprache war sie unverwechselbar: selbstsicher, ein wenig laut, ziemlich tief, wenn auch eher einem eigentlichen Bariton als einem Bassbariton zugehörig, mehr Jochanaan als Wotan, und einige von euch werden mich verstehen. Ich hatte keine Zeit, abermals einen Rückzieher zu machen: Ich hätte nach meinem »Ja?«, das aufgrund der erneuten Unterbrechung verärgert klang, auflegen (die spanischen Telefone funktionieren so schlecht) und dann auf seinen vermutlichen zweiten Versuch nicht reagieren können; hätte inzwischen Dato oder Natalia Manur selbst aufsuchen, mich von ihnen informieren, warnen, orientieren lassen können. Aber ich überlegte nicht rasch genug und sagte noch einmal »Ja«, dieses Mal bestätigend, als Antwort auf diese schneidende Stimme, die ein Fragezeichen hinter meinen Namen gesetzt hatte.

»Hier ist Hieronimo Manur«, so sprach er den seinen aus, zumindest im Spanischen, mit gehauchtem »H« und ohne ihn so eindeutig auf der drittletzten Silbe zu betonen, wie es jeder Spanier bei *Jerónimo* getan hätte, »der Mann von Natalia, wir haben uns vor ein paar Tagen kennengelernt, Sie werden sich erinnern. Ich weiß, dass heute Ihre Oper Premiere hat und dass Sie sehr beschäftigt sein werden«, er sprach schnell, ohne Einwürfe zu gestatten, wie jemand, der bei einem Treffen die sogenannten Präliminarien abhandelt, »aber ich würde gerne so bald wie möglich mit Ihnen sprechen. Wenn es Ihnen recht ist, kann ich Sie in Ihrem Zimmer aufsuchen, passt es Ihnen in fünf Minuten?«

Es passte mir absolut nicht, und es gehörte auch nicht zu meinen Plänen, dass Manur mich am Tag der Premiere oder an irgendeinem anderen besuchen kam, aber sein entschlossener, von natürlicher Autorität durchdrungener Ton hinderte mich daran, es ihm deutlich zu sagen.

»Nun ja, es ist so, ich war gerade dabei, mich zu rasieren, um dann hinunterzugehen und mit Ihrer Frau und Dato, Ihrem Sekretär, zu frühstücken. Warum treffen wir uns nicht mit ihnen im Speisesaal? Worum geht es?« Ich beging den dummen Fehler, zwei Fragen auf einmal zu stellen, denn in solchen Fällen bleibt immer eine, die wichtigere, unbeantwortet.

Aber Manur (ich habe es, glaube ich, vom ersten Augenblick an gewusst) war unnachgiebig (ein Potentat, ein Ehrgeizling, ein Politiker, ein Ausbeuter).

»Nein, ich möchte lieber alleine mit Ihnen sprechen. Wenn Sie wollen, beenden Sie Ihre Rasur, und ich rufe inzwischen an, damit man uns zwei Frühstücke auf Ihr Zimmer bringt. Was trinken Sie, Tee oder Kaffee?«

»Kaffee«, antwortete ich so automatisch, wie ich immer auf diese unveränderliche Frage in zahllosen Luxushotels geantwortet habe; und ich nehme an, dass ich mich mit dieser Antwort bereit erklärte, Manur zu empfangen, denn er beschränkte sich darauf zu sagen: »Sehr gut, ich auch. Bis gleich also«, und legte auf.

Manur gab mir nicht die fünf Minuten, die er mir nicht so sehr angekündigt als aufgezwungen hatte, sondern gewährte mir die zehn Minuten, die ich in diesem Augenblick innerlich erflehte.

Mindestens die erste davon ging damit verloren, dass ich hörte, wie das Telefon vergeblich in Datos Zimmer klingelte. Ich wagte nicht, erneut um die Verbindung mit Natalias Zimmer zu bitten, denn dort durfte – wenn er, wie ich heftig wünschte, mir mehr Zeit gab – Manur selbst sich aufhalten. Nach kurzem Zögern bat ich um eine Verbindung mit dem Speisesaal, in der Hoffnung, dass meine gewohnten Frühstücks-Gefährten bereits eingetroffen waren. Die Person, die den Anruf entgegennahm, brauchte nicht weniger als drei Minuten, um abzunehmen und dann Dato zu finden, oder zumindest verging diese Zeit, bevor ich die Stimme des Sekretärs am anderen Ende der Leitung vernahm.

»Hallo«, sagte er. »Ich bin eben heruntergekommen.«

»Hören Sie, Dato, Herr Manur hat mich angerufen, er möchte mit mir sprechen und kommt zu mir, ich kann also nicht mit Ihnen beiden frühstücken. Haben Sie eine Ahnung, was er wollen kann?«

Es folgte ein kurzes Schweigen, und dann sagte Dato: »Haben Sie irgendeinen Fehler begangen?« Die Antwort beunruhigte mich mehr durch ihre Offenheit als durch ihren eigentlichen Inhalt, das heißt durch die unverschämten Worte »begehen« und »Fehler«.

»Einen Fehler? Was soll das heißen? Was für eine Art von Fehler?«

Dato schwieg abermals, lang genug, dass ich voller Ungeduld gleich die nächste Frage stellte: »Ist Natalia schon da?«

»Sie muss gleich herunterkommen. Soll ich ihr sagen, dass sie Sie anrufen soll?«

»Ja, bitte. Nein, warten Sie, wenn ich kann, rufe ich sie dort in zwei Minuten an. Das ist besser.«

Im gleichen Augenblick, da ich auflegte, wurde an die Tür geklopft, und ich dachte, es sei Manur. Es war die Kellnerin, die die beiden Frühstücke brachte (zweimal Kaffee): Zweifellos hatte Manur sich die Freiheit genommen, sie zu bestellen, bevor er mit mir gesprochen und sich nach meiner Vorliebe erkundigt hatte. Während die Kellnerin die Tabletts auf einem Tisch abstellte, bat ich erneut, mich mit dem Speisesaal zu verbinden, und fragte direkt nach Frau Manur. Ich wusste nicht, was ich ihr sagen würde, und ich konnte es mir auch nicht überlegen. Bevor die Kellnerin hinausging, bat sie mich um meine Unterschrift und setzte ein übertriebenes Lächeln auf, wie es in den Luxushotels üblich ist, um den vergesslichen Kunden an das Trinkgeld zu erinnern. Mit dem Telefonhörer in der Hand und mit dem zum Zerreißen gespannten Kabel musste ich eine Münze in der Tasche eines Jacketts suchen, das in einem Schrank hing. Und die vermutlich letzte dieser zehn Minuten ging mit unnützem Warten vorbei: Als Manur an meine Tür klopfte, war Natalia Manur noch nicht ans Telefon gekommen, und ich hatte meine Rasur nicht beendet. Ich legte auf und ging öffnen, mit dem Gefühl, schmutzig zu sein (ich war es nicht), schlecht gekleidet (ich war es nicht), nervös (das war ich wohl) und meine Toilette nicht beendet zu haben (das traf ebenfalls zu, und ihr wisst nicht, wie es mich aus der Fassung bringt, wenn jemand mich in halbfertigem Zustand sieht). Manur hingegen war sauber und von Kopf bis Fuß wie neu mit seiner typisch neuenglischen Kleidung und jenem Geruch nach Eau de Cologne, der in Natalia Manurs passivem Bewusstsein vielleicht bisweilen Sehnsucht auslöste. Er trug den grünen Filzhut in der Hand, seine Kahlheit war peinlich sauber, sein Schnurrbart gepflegt, die Augen drückten Wachheit und Kälte aus. Er sagte nicht, er habe zwanzig Minuten und blickte auch nicht auf die Uhr. Und bevor wir mehr als die Begrüßungsworte gewechselt hatten, als er sich bereits an den Tisch gesetzt hatte, auf dem das Frühstück stand, mir mit sicherer Hand Kaffee eingeschenkt hatte und sich anschickte, sich selbst zu bedienen, waren die Umstände noch immer günstiger für ihn. Das Telefon klingelte erneut. Ich nahm es beim ersten Klingeln ab, im Wunsch, es möge sich um jenen irrtümlich angenommenen vierten Journalisten handeln – auch wenn er jetzt zu spät käme – und nicht um Natalia Manur. Aber ich hatte kein Glück: Was ich hörte, war ihre Stimme, die sagte: »Hallo, wir sind unterbrochen worden. Was ist? Dato hat mir gesagt, ich soll dich gleich anrufen.« Ich hatte Dato nicht gesagt, er möge ihr sagen, sie solle mich gleich anrufen, dachte ich, sondern ich würde anrufen. Ich wusste nicht, was ich antworten sollte, und ich musste antworten. Manur, in einem kaffeefarbenen Anzug, trank bereits seinen Kaffee und schaute mich – mit seinen andersfarbigen Augen – aufmerksam über die Tasse hinweg an.

»Ich kann jetzt nicht sprechen«, sagte ich schließlich. »Entschuldige, ich werde es dir später erklären.« Und legte auf.

»Ich weiß nicht, ob das möglich sein wird«, beeilte Manur sich zu sagen.

»Was meinen Sie? Was wird nicht möglich sein?«

Manur schaute flüchtig auf seine Fingernägel, wie ich es bei ihm schon einmal gesehen hatte. Dann schaute er auf mein Bett, das noch ungemacht war und auf dem der Rasierapparat und der Handspiegel liegen geblieben waren. Dann schaute er auf mein Kinn. Ich war kurz davor zu erröten.

»Ich sehe, dass Sie Ihre Rasur nicht beenden konnten.«

»Nein, Sie haben mir nicht genügend Zeit gelassen.«

»Nun, ich habe zehn Minuten von meinem Anruf ab gerechnet, und wenn Sie mir die Bemerkung gestatten, Sie sind kein Mann mit dichtem Bartwuchs.« Er machte eine Pause, und ich dachte zwei Dinge gleichzeitig: »Manur kennt Ausdrücke in meiner Sprache, die Ausländer gewöhnlich nicht kennen« und »Soll ich ihn jetzt fragen, ob er gekommen ist, um über meinen Bart zu sprechen, und ich ihm Rechenschaft darüber ablegen soll, ob ich mich rasiere oder nicht?«; aber bevor ich mich entschlossen hatte, schaute er auf das Telefon, wies dann mit dem Zeigefinger auf den Apparat und fügte hinzu: »Wie ich sehe, ist es Ihnen in diesen zehn Minuten auch nicht gelungen, mit meiner Frau zu sprechen, und das, von dem ich nicht weiß, ob es möglich sein wird, bezieht sich darauf, ob es Ihnen später gelingen wird, wie Sie ihr gerade angekündigt haben.«

Jetzt errötete ich wirklich, und keine Dunkelheit verbarg meine Röte.

»Ich verstehe Sie nicht«, sagte ich.

Manur trank seinen Kaffee aus und schenkte sich sogleich eine neue Tasse ein. Vielleicht war er einer von diesen Kaffeesüchtigen, dachte ich, ein freiwilliger Schlafloser, ein Sklave des Kaffees. Ich hatte den meinen noch nicht angerührt, das heißt, ich hatte noch nicht gefrühstückt. »Es ist Ihnen auch gestern Abend nicht gelungen, mit ihr zu sprechen.«

Ich spürte eine zweite, stärkere Welle von Röte. Ich dachte jedoch, dass vielleicht der unrasierte Bart sie ein wenig verbergen würde (einen Augenblick lang war ich dankbar, dass ich mich nicht hatte zu Ende rasieren können). Ich verrückte etwas den Sessel, im plumpen Versuch, mich dem Gegenlicht zu nähern.

»Gestern Abend? Aber gewiss doch. Ich habe mit ihr und Ihrem Sekretär zu Abend gegessen, wie Sie sicher wissen werden. Wir haben fast jeden dieser Abende zusammen gegessen. Wir haben uns sehr angefreundet.«

»Das meine ich nicht. Ich meine Ihren Anruf auf unserem Zimmer nach halb eins. Erinnern Sie sich nicht? Ich habe den Hörer abgenommen, und daraufhin haben Sie, ohne etwas zu sagen, aufgelegt. So etwas ist recht ungehörig, das tut man nicht.«

»Ach. Und woher wissen Sie, dass ich es war?«

»Ich will ehrlich zu Ihnen sein: Ich habe sofort beim Empfang angerufen und gefragt, ob dieser flüchtige anonyme Anruf von außerhalb oder vom Hotel kam, und da man mir sagte, vom Hotel, habe ich gefragt, von welchem Zimmer.«

Wieder wusste ich nicht, was ich antworten sollte. Ich dachte: »Es scheint keinen Ausweg zu geben, dieser Mann weiß, was er tut. Das Beste wird sein, es zuzugeben, mich für den späten Anruf zu entschuldigen und irgendeine Lüge zu erfinden.« Der vorherige Abend erschien mir fern und wirr, obwohl ich mich genau an mein starkes Begehren für Natalia Manur erinnerte (es hatte sich nicht verflüchtigt).

»Ja, Sie haben recht. Ich habe Ihre Nummer verlangt, weil ich vergessen hatte, Natalia etwas im Zusammenhang mit meiner heutigen Premiere zu sagen (der auch Sie beiwohnen werden, wie ich hoffe). Dann, als das Telefon schon klingelte, wurde mir klar, wie spät es war, und deshalb habe ich aufgelegt. Ich bedaure sehr, dass ich Sie gestört habe, es war nicht meine Absicht.«

Aber Manur schien nur einen Teil meiner Erklärung gehört zu haben. Bei jeder Pause deutete er ein winziges mechanisches Lächeln an, wie ich es im Zug bei ihm gesehen hatte, als er stumm vor sich hin schaute.

»Nein«, sagte er und zog ein wenig seine dicken Lippen in die Breite. »Sie haben später aufgelegt, als Sie meine Stimme hörten.« Und er fuhr fort, als wären meine übrigen Worte kein Teil der Unterhaltung: »Schauen Sie, ich habe nichts dagegen, dass meine Frau Freundschaften schließt, im Gegenteil. Ich bin ein beschäftigter Mann und kann mich ihr nicht widmen, wie ich gerne wollte, weshalb es mir normal erscheint, dass sie sich mit anderen Leuten zerstreut, zum Beispiel mit Ihnen, einem Opernsänger. Was ich jedoch nicht dulden kann, ist, dass diese Leute mehr von ihr wollen. Mit einem Wort, wenn ich sehe (wie ich es bei Ihnen bereits gesehen habe), dass eine dieser Personen ein übermäßiges und ungebührliches Interesse an meiner Frau zu zeigen beginnt, dann zögere ich nicht, einzuschreiten und diese Person von ihrem Vorhaben abzubringen. Ich versuche außerdem, es zu tun, bevor wirkliche Komplikationen auftreten; auch bevor die betreffende Person sich womöglich etwas in den Kopf setzt oder leidet, verstehen Sie? Deshalb bin ich jetzt hier.«

Ich war so verblüfft, dass ich einige Sekunden lang nicht wusste, ob es sich um einen dummen Scherz oder um eine dieser pompösen Treuherzigkeiten handelte, in die Bewohner des Nordens mit ihrer unverbesserlichen Liebe zur Offenheit so gern verfallen.

»Und was veranlasst Sie zu dem Glauben, ich hätte, wie Sie sagen, ein übermäßiges und ungebührliches Interesse an Ihrer Frau? All das erscheint mir recht übertrieben.«

»Das ist sehr einfach«, sagte Manur und stellte mit der Hand fest, dass seine Krawatte aus grüner Seide (die auf den Filzhut und auf das etwas blassere Grün seines Hemdes abgestimmt war) noch immer gerade saß: Er trug keine Krawattennadel. »Ihnen kommt es übertrieben vor, aber ich weiß, dass es das nicht ist. Gestern Abend haben Sie zum ersten Mal etwas Anomales getan: Sie haben zu unpassender Stunde angerufen und aufgelegt, als Sie meine Stimme hörten. Mir genügt eine erste anomale Handlung, um zu wissen, was danach kommen wird. Aber es gab noch eine zweite Anomalie: Sie haben danach eine Prostituierte zu sich kommen lassen, sicher mit der Absicht, Ihr Unbehagen oder Ihre Frustration mit ihr abzureagieren. Ihre beiden Handlungen gestern Abend stehen in einem engen Zusammenhang, und (auch wenn Sie sich darüber noch nicht klargeworden sind, das ist nicht unmöglich)« – Manur war sentenziös – »so lassen sie doch dieses übermäßige und ungebührliche Interesse an meiner Frau erkennen. Für den Fall, dass Sie sich darüber nicht im Klaren sind, bin ich hier, um Sie darauf hinzuweisen. Ich kenne den Prozess gut, und Ihr Fall ist trivial. Glauben Sie mir, ich unterbreche ihn lieber in seiner Anfangsphase.«

Dieses Mal errötete ich nicht. Ich dachte: »Ich kann diesen Zusammenhang leugnen, den Beleidigten spielen und ihn als verrückt bezeichnen; aber dafür ist immer noch Zeit; ich kann ihm auch weiter zuhören.«

»Sie haben sehr rasche und effiziente Nachforschungen angestellt, Herr Manur. Wer hat Ihnen das alles erzählt, der Portier Céspedes?« Der Name fiel mir augenblicklich ein, worüber ich mich freute: Wenn man Respekt einflößen will, ist es unbedingt erforderlich, sich an die Namen der Menschen und Dinge zu erinnern. »Oder lassen Sie mich von Dato nicht nur tagsüber, sondern auch nachts überwachen?«

»Dato weiß nichts davon. Mit dem, was meine Ehe betrifft, beschäftige ich mich persönlich. Aber ich bin noch nicht zu Ende mit meiner Ausführung. Es gibt noch eine dritte Anomalie: Sie sind mit dieser Prostituierten nicht zur Sache gekommen, nicht wahr?«

Dieser belgische Bankier weiß alles, dachte ich erschrocken: Sowohl von meiner Sprache als auch von meiner vergangenen Nacht. Er hatte sogar mit der Hure Claudina gesprochen. Wann? Huren stehen nicht früh auf. Vielleicht war die Verabredung, die auf sie wartete, mit keinem anderen als Manur. Oder hatte die Hure vielleicht Céspedes informiert und Céspedes Manur? Warum war dieser argentinischen Hure die Zunge durchgegangen? Natürlich hatte sie keinen Grund, in irgendeiner Weise loyal mir gegenüber zu sein. Außerdem – und das habe ich, wie ich schon gesagt habe, vor allem heute Morgen gedacht – war ich nicht freundlich gewesen, noch hatte ich sie gut behandelt. Ich bekam Lust zu lachen.

»Es erscheint mir absurd, dass wir über diese Dinge reden, Herr Manur.«

»Das wäre es in der Tat, wenn Sie nicht in *meinem* Zimmer angerufen hätten, kurz bevor diese Dinge geschahen. Sie sind nicht zur Sache gekommen« – Manur wiederholte diesen umgangssprachlichen Euphemismus, als hätte er ihn erst vor kurzem gelernt und fände Vergnügen daran, ihn zu benutzen –, »und darin kann ich nur eine Bestätigung sehen für das, was ich Ihnen über Ihr Interesse an meiner Frau gesagt habe. Wir sind an einen Punkt gelangt, an dem ich mich gezwungen sehe, Ihnen zu sagen, dass Sie sie nicht wiedersehen werden. Heute werden wir alle zu Ihrer Premiere gehen, wir werden Ihnen nach der Vorstellung gratulieren (wir werden später sogar ein Glas zusammen trinken und auf Sie anstoßen), und morgen werden Sie sich nicht mehr mit ihr treffen. In ein paar Tagen können Sie sich höflich von ihr verabschieden, und Sie wird Ihnen für Ihre große Liebenswürdigkeit danken. Es ist nicht schwierig: Weder Ihnen noch uns bleiben noch viele Tage in Madrid, und ich hoffe nicht, Sie in Brüssel zu sehen. Das würde ich übelnehmen.«

»Hören Sie mal, Manur, das alles ist nichts als Übertreibung.«

»Vielleicht. Ich kann mir die Übertreibung erlauben.«

Ich schwieg einen Augenblick, den Manur ausnutzte, um sich mit der Hand das inexistente Haar zu glätten, seinen zweiten Kaffee auszutrinken und sich einen dritten einzuschenken, dieses Mal aus meiner Kaffeekanne. Ein Sklave des Kaffees. Ich hingegen hatte meinen noch immer nicht getrunken. Ich griff nach dem nicht frisch gepressten Orangensaft, der auf dem für mich bestimmten Tablett stand, und hielt ihn in der Hand, ohne ihn an die Lippen zu führen.

»Sagen Sie, entscheiden Sie immer für Natalia? Ich denke doch, sie wird ihre eigene Meinung haben.«

»Lassen wir die Spiele, Herr Sänger«, antwortete Manur, und es ärgerte mich, dass er mich so nannte.

»Sie werden beim derzeitigen Stand Ihrer Freundschaft mit meiner Frau bereits wissen, dass unsere Ehe ganz besonderen Bedingungen unterliegt. Lassen Sie sich also sagen, dass diese Bedingungen, so ungerecht sie auch sein mögen, *immer* erfüllt werden, und sie werden auch jetzt erfüllt werden.«

»Die meisten Ehen funktionieren so, zumindest theoretisch.«

»Nicht ganz. In den meisten Ehen existiert nicht der Umstand, dass einer der beiden Ehepartner den anderen« – er machte eine winzige Pause – »gekauft, als sein Eigentum erworben hat. Meine Frau gehört mir im strengsten Sinne des Wortes ›gehören‹, und deshalb zählt das, was Sie ihre Meinung genannt haben, nur relativ.«

»Gekauft? Was soll das heißen?«

Zum ersten Mal während jenes Gesprächs schien Manur nicht vorausgesehen zu haben, was ich ihm antworten würde. Er hob die Brauen, wie man es in fast allen Ländern, die ich besucht habe, zu tun pflegt, um Erstaunen zu zeigen (ich habe festgestellt, dass es eine internationale Gebärde ist).

»Hat sie es Ihnen denn nicht erzählt?«

»Sie hat nie mit mir über Sie gesprochen.«

»Ist es möglich?« Manur, dachte ich, konnte theatralisch werden. »Ich weiß nicht, ob diese kleine Neuigkeit mich freuen oder eher beunruhigen soll. Sie müssen wissen, Sie sind nicht der Erste, mit dem ich ein solches Gespräch habe führen müssen, vielleicht sind Sie auch nicht der Letzte, obwohl meine Frau nicht mehr so jung ist, wie sie es einmal war. Aber die anderen (nicht, dass Sie denken, ziemlich viele, ziemlich viele schon) waren etwas besser informiert. Ich weiß nicht, wie ich Ihre Unkenntnis auffassen soll, das ist die Wahrheit. Sagen Sie mir nicht, mein Frau hätte Ihnen nicht unsere Ehe erklärt, sagen Sie mir nicht, sie hätte sich bei Ihnen nicht beklagt!« Manur hatte seine Überraschung sogleich überwunden, und jetzt wirkte er leicht amüsiert. Er kontrollierte abermals mit der Hand, ob seine grüne Krawatte gerade saß. Er trank mehr Kaffee. Ein winziger Tropfen fiel auf die Krawatte, aber er bemerkte es nicht.

»Ich versichere Ihnen, dass es nicht der Fall ist. Außerdem war Dato bei unseren Treffen immer dabei. Sie können ihn fragen.«

»Ich verstehe. Dieser Mensch ist zu weit gegangen!«, rief Manur aus. Und im Anschluss daran machten seine cognacfarbenen Augen und mit ihnen die Gesamtheit seiner plebejischen Gesichtszüge – das heißt sein Gesichtsausdruck (ein Komödiant, ein Heuchler) – eine plötzliche Verwandlung durch und wurden ernst wie die eines Tieres. Dann fügte er hinzu: »Gut, dann werde ich es Ihnen erklären.«

»Ihnen ist ein Tropfen Kaffee auf die Krawatte gefallen.«

Manur schaute verwirrt den winzigen Tropfen an, auf den ich mit meinem Zeigefinger wies, wobei ich seine grüne Krawatte streifte: Der Tropfen hatte die gleiche Farbe wie sein kaffeefarbener Anzug.

»Darf ich bitte Ihr Badezimmer benutzen?«, fragte er. Ich nutzte die wenigen Sekunden, die Manur sich in meinem Badezimmer aufhielt (er schloss nicht einmal die Tür, ich hörte den Wasserhahn), um meinen Sessel vollends so weit zu rücken, dass das Gegenlicht mir zugutekam, und einen raschen Blick in den bis zum Boden reichenden Spiegel zu werfen, der sich den Betten gegenüber befand. Trotz des halbrasierten Bartes fühlte ich mich nicht mehr so schmutzig und auch nicht mehr so nervös. Ich sah, dass ich nicht schlecht gekleidet war, und das gab mir Sicherheit.

Als Manur zurückkam, setzte er sich wieder hin, so als sei nichts geschehen (es war auch nichts geschehen, nur zeigte seine Krawatte jetzt einen Wasserfleck, der um einiges größer war als der ursprüngliche Tropfen Kaffee), und begann zu sprechen. Alles, was er sagte, habe ich in meinem Traum heute Morgen mit den gleichen Worten gehört, mit denen es damals gesagt wurde, hingegen glaube ich, dass ich nicht fähig bin, es mit ebendieser Genauigkeit zu wiederholen, zumindest nicht heute Nachmittag, da ich müde und hungrig bin (denn ich sehe, dass es dunkel wird, und ich habe noch nicht zu Mittag gegessen und werde auch nicht zu Mittag essen, sondern sicher das Abendessen abwarten und mich erst dann zum Ausgehen entschließen). Ich vermag nur Bruchstücke dessen wiederzugeben, was Manur erzählte, aber wenn ich mich selbst ausnehme, ein wenig später (doch ich kann mich nicht ausnehmen), dann habe ich niemals einen anderen Menschen gesehen, der mit einer solchen Willenskraft auf seiner Wahl und auf seiner Liebe beharrte. Mehr noch, jetzt weiß ich, dass Manur es war, der mich ansteckte, beziehungsweise dass ich es war, der sich anstecken ließ oder es ihm gleichtun wollte. Denn bis zu diesem Augenblick hatte es *nur* den Wunsch gegeben, Natalia Manur weiterhin täglich zu sehen, den Wunsch, Natalia Manur körperlich zu besitzen, und den Wunsch, Manur zu vernichten. Von diesem Augenblick an begann ich zu begreifen, so wie ein Mensch, der schreibt, das, was er schreibt, durch einen zufälligen Satz zu begreifen beginnen kann, der ihm bewusst macht – nicht plötzlich, sondern allmählich –, warum alle vorangehenden Sätze so waren, warum sie in dieser Weise geschrieben waren (die er noch nicht als absichtsvoll, aber auch nicht mehr als zufällig sehen wird), während er glaubte, er taste sich nur voran, er spiele nur mit Tinte und Papier, um die Zeit totzuschlagen, eines Auftrags wegen oder aus einem Pflichtgefühl heraus, das jene empfinden, die keine Pflicht haben. Habt ihr niemals in den Haltungen oder Worten oder Gebärden der anderen etwas entdeckt, was ihr zuvor nicht einmal benennen konntet? Habt ihr in ihnen nicht den Glanz gesehen, der uns fehlt, die unvorstellbare Klarheit, die feste Hand und den sicheren Schriftzug, die wir niemals werden haben können, das, was man vor Zeiten *Anmut* nannte? Habt ihr nicht danach gestrebt, wie sie zu sein, weil gerade ihre Überlegenheit, ihre Fähigkeit, andere anzustecken, ihre natürliche Ausstrahlung uns vernichtet? Habt ihr niemals die Versuchung, mehr noch, die Notwendigkeit gespürt, das Sein eines anderen peinlich genau zu kopieren, um es ihm zu entreißen und es euch anzueignen? Habt ihr niemals den unbezwingbaren Wunsch nach Usurpation empfunden? Nicht den unerträglichen Neid auf die Heiterkeit oder das Leiden, auf die Widerstandskraft oder den Willen? Nicht auf die Eifersucht, unter der ein anderer leidet, nicht auf seinen Fatalismus noch auf seine Entschlossenheit, noch auf seine Verurteilung? Wer hat nicht den Wunsch empfunden, sich für immer zu verurteilen und die Gewissheit des Todes im Leben zu genießen? Wer hat sich nicht danach gesehnt, unter einem Fluch zu leben? Wen hat es nicht heftig danach verlangt, still zu beharren? Ich bin der Löwe von Neapel, und in meinem Gesicht steht noch immer der Triumph geschrieben: Ich will weiter der sein, der ich bin. Aber ich weiß, dass ich nicht immer so war und auch nicht immer diesen Namen getragen habe. Manur lehrte mich durch sein unerwartetes Vorbild, zu beharren: Manur beharrte in seiner Liebe. Und jetzt, da der Hunger mir zusetzt und ich das Licht habe einschalten müssen, obwohl es schon Frühling ist, sehe ich wie vor vier Jahren und wie heute Morgen wieder seine plötzlich ernsten und animalischen Augen (er sagte: »Seit fünfzehn Jahren warte ich darauf, dass Natalia Monte, meine Frau, mich liebt; Sie dagegen sind ein Dahergelaufener, mein Herr«), die unbegreiflicherweise nicht das erbarmungslose Madrider Morgenlicht flohen, das durch das Fenster kam und ihm voll ins Gesicht fiel, es in Brand setzte (»Es war eine rein kommerzielle Transaktion, Natalias Vater sah sich nach Jahren inkompetenter Geschäftsführung und Verschwendung völlig ruiniert, und es kam so weit, dass die Kinder, Natalia und ihr Bruder Roberto, fürchteten, der Vater könne seiner Depression und seiner Reizbarkeit die Krone aufsetzen und sich eine Kugel in den Kopf schießen oder seine Frau, ihre Mutter, erschießen, wenn seine Geschäfte nicht wieder in Gang kämen und ihm erlaubten, seine Tätigkeit in vollem Umfang wieder aufzunehmen. Er war einer dieser Männer, für die Tätigsein alles ist«) und in seinen Augen metallische Reflexe aufblitzen ließ, die sie noch härter machten, obwohl der Blick in einem bestimmten Augenblick Leid ausdrückte (»Es war Roberto, der auf den Gedanken kam, der seine Schwester überredete, sie solle mich akzeptieren, der sie von der dringenden Notwendigkeit unserer Verbindung überzeugte, davon, dass ein sofortiges Bündnis mit der mächtigen Bank meiner Familie die einzige Lösung sei; und er persönlich brachte sie nach Brüssel, wo er passenderweise unser Trauzeuge war, denn er war es in Wirklichkeit, der sie mir zuführte. Das ist schon viele, zu viele Jahre her«) und deshalb dem seiner Frau glich, so als wären trotz der Dinge, die er erzählte, auch Natalia und Manur nicht völlig diesen erschreckenden Ähnlichkeiten entgangen, die die Zeit gern zwischen Personen entstehen lässt, die nicht blutsverwandt sind und es wagen, einander täglich zu sehen (»Ich hatte sie drei Monate zuvor während eines Urlaubs hier in Madrid durch ihren Bruder kennengelernt, der bei mir in Brüssel einen Kursus für kaufmännische Spezialisierung absolviert hatte; und ich hatte ihr nicht nur gebührend den Hof, sondern auch einen Heiratsantrag gemacht, in einem letzten Akt der Verzweiflung, der durch die altmodische Vorstellung diktiert wurde – ich habe eine konventionelle Erziehung genossen –, ihre Zurückweisungen und Weigerungen könnten durch das Fehlen dieses formellen Antrags bedingt sein. Ich war immer in Natalia Monte verliebt, mein Herr, fast seit dem ersten Augenblick, da ich sie sah«). Diese Augen, die das Sonnenlicht durchsichtig wirken ließ, warfen dann und wann einen raschen Blick auf mein ungemachtes Bett: Dort boten mein Handspiegel und mein Rasierapparat noch immer ihren trostlosen Anblick (»Seit fünfzehn Jahren warte ich darauf, dass sie mich liebt. Und solange keine andere Person existiert, solange sie keine Hoffnung hat und niemand anderes sie liebt, weiß ich, dass ich warten oder zumindest Jahr für Jahr meine alte Absicht verwirklichen kann, mein ganzes Leben an ihrer Seite zu verbringen. Deshalb gestatte ich niemandem dieses übermäßige und ungebührliche Interesse, dessen Sie sich bereits schuldig gemacht haben. Die meisten Frauen – und auch einige merkwürdige Männer – lieben aus einem Reflex heraus oder, wenn Sie es vorziehen, in Nachahmung des anderen: Sie lieben und begehren die Liebe des anderen, wie bewiesen ist und Sie sicher wissen werden. Aus diesem Grund habe ich Natalia Monte geheiratet und ihren Vater vor dem völligen Ruin und vor der Zerstörung bewahrt, obwohl mir bewusst war, dass sie mich nur zu diesem Zweck heiratete, oder, besser gesagt, weil ihr Bruder Roberto geplant hatte, dass dies die Rettung wäre. Und aus diesem Grund habe ich auch immer verhindert, dass sie ein anderes Modell hatte, von dem sie sich hätte anregen lassen und das sie hätte nachahmen können, *eine andere Liebe des anderen*, die sie hätte in Versuchung führen können, deren Existenz – und daran können Sie sehen, dass ich Sie nicht täusche – die größte Gefahr für mich darstellen würde«); und dann richteten sich die Augen unveränderlich, wie beim ersten Mal, auf mein Kinn und erinnerten mich an meinen halbrasierten Bart und an meine Premiere von Verdis *Otello* an jenem Abend und an die Tatsache, dass ich mir noch nicht den Mund mit einem Pflaster hatte zukleben können – wie ich es am Tag eines Auftritts zu tun pflegte –, um mich zu zwingen, während der Stunden vor der Vorstellung nicht zu sprechen und auf diese Weise meine Stimme aufzusparen und zu schonen (»Einige Jahre lang war sie an mich gebunden, denn es hätte nur eines Wortes oder einer Unterschrift von mir bedurft, um ihren erbärmlichen Vater wieder in die gleiche Situation zu bringen, aus der sie ihn mit ihrer Heirat befreit hatte, oder vielmehr ich mit der meinen, als ich mich in seinen herzlich geliebten, so verständnisvollen wie vermögenden Schwiegersohn verwandelte. Später, als der Vater starb und bald darauf auch die Mutter, war Roberto Monte mein Garant, und er ist es immer noch, denn er ist ein ebenso verheerender Geschäftsmann, wie sein Vater es war, und meine Frau empfindet eine ungleich größere Liebe für ihn«). Seine wulstigen, fleischigen, blassen Lippen bewegten sich ungeheuer rasch und mit der gewohnten Gewandtheit in meiner Sprache, fast ohne Fehler: eine unnatürliche Perfektion (»Vor einigen

Monaten erst blieb mir nichts anderes übrig, als ihn nach Südamerika zu schicken, denn er stand kurz davor, wegen Kapitalflucht, Steuerhinterziehung und was weiß ich welcher sonstigen finanziellen Vergehen verhaftet und gerichtlich verfolgt zu werden. Er ist mein Garant, mein Herr, und es entgeht mir nicht, dass meine Frau begierig auf den Augenblick wartet, da ihr Bruder Roberto – Roberto mehr als ich – sie von ihrer Verpflichtung mir gegenüber befreit, indem er ihr ankündigt, dass keine Gefahr mehr für ihn besteht, dass er nicht von mir abhängt, dass er sich selbst helfen kann und weder meine Vergeltung fürchtet noch meines Schutzes bedarf. Meine Frau glaubt, dass ich die Dinge in einer Weise lenke, damit dies niemals eintreten kann, und dieser Glaube trägt dazu bei, ihr Ressentiment mir gegenüber zu verstärken und das zu erschweren, was ich seit so vielen Jahren erwarte, ihre uneingeschränkte und bedingungslose Liebe. Tatsächlich sieht es nicht so aus, als könnte es zu Roberto Montes Unabhängigkeit oder finanzieller Sicherheit kommen, aber das liegt nicht an mir. Es ist nicht nötig, dass ich seine Pläne behindere oder meine Zeit damit verbringe, ihm Fallen zu stellen: Er bringt es ganz allein zuwege, ständig mit einem Fuß im Gefängnis zu stehen. Aber trotz dieser mehr oder minder lebenslangen Garantie fordere ich ebenfalls, dass es im Leben meiner Frau keine liebenden Schatten gibt. Sie werden denken, wie unglücklich sie sein muss, aber bedenken Sie, wie sehr auch ich es bin«). Manur sprach gesetzt und erhitzte sich kaum, aber er schlug ständig die Beine übereinander und setzte sich wieder gerade hin, eine Gebärde der Unruhe, die ihn ebenfalls in die Nähe von Natalia Manur rückte, so als hätte er sie von ihr übernommen oder vielleicht sie von ihm (»Ich zähle wenig in ihrem heutigen Leben, aber es gibt auch niemanden – und es darf auch niemanden geben –, der mehr zählt. Ich habe schon gezählt, und ich werde schon noch zählen; in nicht mehr allzu ferner Zeit, so versichere ich Ihnen, wird sie nicht mehr fähig sein, auf mich zu verzichten. Einstweilen sehe ich sie wenigstens täglich, jeden Abend im selben Zimmer, nach meinem Arbeitstag und nach ihrem Tag, den sie mit Zerstreuung oder Selbstversunkenheit oder vielleicht mit Grübeleien über ihr trauriges Schicksal verbringt. Aber, vergessen Sie das nicht, auch mit Zerstreuung: Wir streben doch alle danach, uns zu zerstreuen, nicht wahr? Sehen Sie, viele Frauen werden sie um das Leben beneiden, das sie führt, ganz zu schweigen, zum Beispiel, von dieser Prostituierten, die Sie gestern Nacht besucht hat. Würde Natalia Monte, meine Frau, etwa mit dieser Prostituierten tauschen wollen? Tatsächlich weiß ich nicht, ob es angebracht ist, dass jemand wie sie sich beklagt, so wie ich auch nicht weiß, ob es angebracht wäre, dass jemand wie ich sich beklagt. Würde ich etwa mit Ihnen tauschen wollen?«), und während er sprach, nahm und trank er weiter schwarzen Kaffee aus den beiden Kaffeekannen, die er sich angeeignet hatte, bis er mit sichtlichem Ärger feststellte, dass kein Tropfen mehr in ihnen blieb (»Sie ist eine vermögende Frau, sie hat alles, was sie will – das ist kein Problem für uns –, sie hat ihr eigenes Konto, um dessen Versorgung ich mich kümmere, sogar einen festen Begleiter, der ihr sehr angenehm ist, der sie anscheinend amüsiert, mit dem sie sich gut versteht und dem sie, sooft sie nur will, ihr Herz ausschütten kann. Das macht mir nichts aus, so wie es mir auch absolut nichts ausgemacht hätte, wenn sie Ihnen ihr Herz ausgeschüttet hätte: Ich mache aus all dem kein Geheimnis, schon gar nicht bei völlig Unbekannten, die sofort aus unserem Leben verschwinden werden, was macht mir das schon? Und wenn sie kein geselligeres Leben führt, dann deshalb, weil sie es im Allgemeinen vorzieht, nicht mit mir zu meinen Abendessen und Treffen zu gehen: Aber das ist *ihre* Entscheidung, so wie es auch *ihre* Entscheidung war, nicht zu arbeiten, vielleicht um mich mit ihrer Untätigkeit zu bestrafen. Sagen Sie, möchten Sie vielleicht noch ein wenig Kaffee? In diesen Hotels geizt man mehr und mehr mit dem Kaffee«). Dann stand er auf, und nachdem er mich gefragt hatte, den Apparat bereits in der Hand, ob er mein Telefon benützen dürfe, bat er – oder besser: befahl er –, man solle noch eine Kanne Kaffee auf mein Zimmer bringen; danach nahm er wieder Platz, nicht ohne zuvor sein flüchtiges Vorbeigehen an dem bis zum Boden reichenden Spiegel genutzt zu haben, um sich ebenfalls einen raschen Blick zuzuwerfen und festzustellen, dass der Wasserfleck und der Kaffeetropfen mittlerweile verschwunden waren (»Sie werden sich fragen, was seit fünfzehn Jahren nachts in unserem Schlafzimmer geschieht, und diese Neugier werde ich nicht befriedigen. Sie sollen lediglich wissen, dass die Bedingungen, denen unsere Ehe unterliegt, unabhängig von dem, was früher oder heute in unserem Zimmer geschieht, die Möglichkeit ausschließen, dass jeder sein eigenes Leben führt, wie man jetzt, glaube ich, mit einem wenig phantasievollen Euphemismus sagt. Die Nichterfüllung irgendeiner dieser Bedingungen wäre für mich ein Casus Belli und ebenso gravierend wie die gravierendste dieser Verletzungen. Ebenso gravierend, wie wenn sie mich verlassen würde, verstehen Sie?«). Mehr als einmal während seiner langen Rede – besonders nach jenem lateinischen Brocken, ich erinnere mich gut – spürte ich den Impuls, ihn zu unterbrechen und ihm eine Frage zu stellen oder etwas zurechtzurücken, aber sein ruhiger, dominanter, aufmerksamer Ton war der eines gewissenhaften und pflichtbewussten Unternehmers, der an der Reihe ist, einen Bericht vorzulesen, den er mit einer solchen Anstrengung oder einem solchen Vergnügen verfasst hat, dass er den Mitgliedern seines Aufsichtsrats weder den geringsten Einschub erlauben noch ihnen Gelegenheit zum Einspruch geben wird (»Sie können das nicht verstehen, mein Herr, Sie haben sicher banale Liebesgeschichten erlebt. Ich erzähle Ihnen das nur, damit Sie sehen, wie die Situation und wie meine Position ist; damit Sie wissen, dass ich nicht bereit bin zuzulassen, dass diese fünfzehn Jahre durch eine Unachtsamkeit im letzten Augenblick umsonst gewesen sind; damit Sie geruhen, sich ab morgen von meiner Frau fernzuhalten und aus Ihren Gedanken dieses ganze übermäßige und ungebührliche Interesse zu verbannen, für das Sie mir gestern Abend Beweise mehr als genug geliefert haben. Ich bin kein nachlässiger Ehemann. Diejenigen, die Ihnen in diesem Interesse vorausgingen, haben das sehr gut verstanden: Sie haben die Hindernisse abgeschätzt, die Schwierigkeiten ermessen, Trägheit überkam sie, sie haben verzagt, den Rückzug angetreten, nur einmal war es nötig, eine bestimmte Summe auf den Tisch zu legen. Auch Sie werden nicht anders sein. Machen Sie mir nicht das Leben schwer, und machen Sie es auch sich selbst nicht schwer. Meine Frau ist kein gutes Geschäft, glauben Sie mir, es gibt keinen Gewinn«). Als an die Tür geklopft wurde und ich öffnen ging, wartete auf der Schwelle nicht nur die Kellnerin, die mehr Kaffee brachte, sondern auch ein Zimmermädchen, das, seinen eigenen Wegen und Zeitplänen folgend, mit der Absicht kam, mein Bett zu machen und das Zimmer zu lüften; Manur beugte sich in seinem Sessel vor und forderte Erstere auf einzutreten und verabschiedete Letztere (»Kommen Sie später wieder, sehen Sie nicht, dass wir noch frühstücken?«), ohne auf den Gedanken zu kommen, dass ich vielleicht mein Bett gemacht und mein Zimmer gelüftet und meinen Bart vollends rasiert und meinen Mund mit dem schützenden Pflaster der wichtigen Tage wie dem damaligen zugeklebt haben wollte. Während ich die Rechnung unterschrieb und mit einem Lächeln bezahlte, sah ich das kubanische oder kanarische Paar vorbeigehen, das aus dem Nebenzimmer kam. Sie waren keine Frühaufsteher. Ich sah ihre Gesichter nicht, nur einen Anzug mit grauem oder blauem Jackett und ein farbiges Kleid. Sie war größer und ging hinter ihm. Ein Schwall blumigen Parfüms drang zu mir, und ich hörte, wie er sagte:

»Dann hältst du es eben aus!«, und sie ihm antwortete: »Ich schwöre dir, ich kann nicht mehr.« Ich schloss die Tür und kehrte an meinen Platz zurück, Manur gegenüber (»Sie befinden sich jetzt an einem Punkt, an dem Sie weiter nichts als Gedanken haben. Und was sind Gedanken? Nichts, mein Herr, etwas so Einfaches, dass man sie sogar erraten kann, etwas so Vorübergehendes, dass man sie, während sie kommen, sogar zählen kann. Ich errate die Ihren, Sie kennen bereits die meinen, ist es nicht so?«). Obwohl er ihn mit so großer Entschiedenheit verlangt hatte, schenkte Manur sich von diesem neuen Kaffee nichts mehr ein. Vielleicht hatte er ihn nur bestellt, um mir den zu ersetzen, der mir zustand und den ich nicht angerührt hatte – der in meiner Tasse, von ihm eingeschenkt, war kalt – (»Ich werde Ihnen heute Abend Beifall klatschen«). Er stellte seine Füße nebeneinander. Er stand auf, um zu gehen. Er strich sich über die Krawatte. Er glättete seine Kahlheit. Er nahm den Filzhut. Er blickte auf die Uhr (»Sie riecht sehr gut«, und ich wusste nicht, ob er seine Frau Natalia Manur meinte, die Kubanerin oder Kanarin, die soeben vorbeigegangen war und nicht mehr konnte, oder die Hure Claudina, deren angenehmes, billiges Parfüm – das ungelüftete Zimmer – er vielleicht noch wahrzunehmen vermochte). Er sagte: »Bedenken Sie, dass keine Bindung enger ist als die, die etwas verknüpft, was vorgetäuscht ist oder, mehr noch, was nie existiert hat.« Und ich sah ihn zum dritten Mal den Zeigefinger heben. Es war auch das dritte Mal, dass ich ihn sah.

Ich vermute, dass der vierte Journalist schließlich

wenig später anrief. Aber zu diesem Zeitpunkt hatte ich mich schon rasiert und mir den Mund mit meinem Pflaster zugeklebt: Ich zögerte einen Augenblick, ich nahm nicht ab.

Ich hatte einen solchen Hunger, dass ich eine Pause machen musste, und bin zum Abendessen in ein belebtes, teures und stark besuchtes Restaurant in der Nachbarschaft hinuntergegangen, das seine Pforten ziemlich früh öffnet, da es ein beliebtes Ziel von Touristen ist. Vorher habe ich in den Briefkasten geschaut und die Post herausgenommen, die seit dem Morgen auf mich wartete. Niemand hatte sie mir hochgebracht, weil niemand mich heute besuchen gekommen ist. Und das Telefon war an den Anrufbeantworter angeschlossen, also habe ich den ganzen Tag niemanden gesehen und mit niemandem gesprochen, und der Tag geht bereits seinem Ende zu. Unter diversem Papierkram von der Bank und dem einen oder anderen Vorvertrag, der mich verpflichtet, in zwei Jahren an einem bestimmten Punkt des Erdballs zu singen, an dem ich mich, wie ich von nun an weiß, an einem so fernen und genauen Datum befinden werde, lag ein einziger Brief im Briefkasten (ich habe ihn gelesen, während ich inmitten des Gelärms der Touristen auf mein Abendessen wartete), und er stammte von jenem Mann, Noguera, dem Ehemann oder Witwer meiner Freundin Berta. Überraschenderweise hat er sich – trotz meines Schweigens – erneut an mich gewandt, gerade am heutigen Tag, da mir in meinem Traum heute

Morgen Berta wieder erschienen ist, nachdem ich vor etwa drei Wochen auf dem nämlichen ehelichen Weg von ihrem Tod erfahren hatte. In diesem zweiten Brief, den ich soeben gelesen habe, beharrt Noguera zunächst auf meinen alten Büchern und teilt mir mit, dass er, sollte ich ihm nicht antworten, um ihm zu bestätigen, dass ich sie wiederhaben möchte, keine andere Wahl habe, als sie mit allem Übrigen ins Feuer zu werfen (so sagt er, »ins Feuer werfen«, ein eher seltsamer Ausdruck, wenn man bedenkt, dass der Frühling bereits eingetroffen ist). Er werde nicht in der Wohnung oder dem Turm bleiben, den er mit Berta geteilt habe, informiert er mich (und bei dieser Gelegenheit geht er, im Unterschied zur ersten, sehr wohl auf seinen Gemütszustand ein, der verzweifelt ist), weil die ständige Erinnerung an seine Frau äußerst schmerzhaft für ihn sei. So schwer lasten auf ihm die Stunden, dass er nicht nur plant, die eheliche Wohnung zu verlassen, sondern auch sämtlichen Besitz (ihren) sowie alles zu zerstören, was dazu beitrage, die Erinnerung (seine) am Leben zu halten, die er lieber »an Entkräftung sterben« lassen möchte. Er sei noch jung, erklärt er, und hoffe auf ein neues Leben, und da er die feste Absicht habe, Fotos, Kleider, Schuhe, Schallplatten, Schmuckstücke, Lotionen, Videos, Cremes, Schürzen, Bücher, Spiegel, Medikamente, Briefe – kurz, alles, was seine Frau zu Lebzeiten benutzt hat – zu vernichten, fragt er mich, ob ich, bevor er den Scheiterhaufen entzünde, außer den berühmten Büchern, die er mir bereits im Einzelnen aufgeführt hatte, einen dieser Gegenstände haben möchte, die er »hingegen« nicht mehr sehen wolle. Vielleicht, so denkt er, möchte ich, anders als er, sehr wohl die Erinnerung an Berta durch etwas Greifbares lebendig erhalten, das ihr gehört hat, und diese bürokratische Person – von der ich jetzt sicher bin, dass sie Noguera heißt, weil ich es gerade gelesen habe – legt mir eine weitere detaillierte und unwahrscheinliche Liste aller Dinge bei, von denen sie glaubt, es sei angebracht, sie mir vor ihrer Verbrennung anzubieten. Noguera denkt, mich könnten vor allem die Fotos aus der Zeit interessieren, in der wir uns »näherstanden«, und die Briefe und Postkarten, die ich ihr geschickt habe (»es sind nicht sehr viele, mehr Karten«) und die er in einer blechernen Bonbondose der Marke Lindor gefunden hat. Er habe jedoch – beharrt er – nichts dagegen, mir jedweden anderen Gegenstand auszuhändigen, den ich vielleicht gerne behalten würde. Wenn er in einem Zeitraum von zwei Wochen keine Antwort von mir erhalte – wie im Falle seines ersten Briefes –, werde er davon ausgehen, dass ich nicht die Absicht habe, etwas »von dem hier Aufgeführten« zu behalten, und die »Verbrennung« durchführen, weshalb er mich im gegenteiligen Fall dringend um Antwort bitte und mir seine Barceloneser Telefonnummer gebe, falls meine zahlreichen Reisen und Verpflichtungen (»von denen ich aus der Presse und aus dem Fernsehen weiß«) mir keine Zeit zum Schreiben ließen und es für mich bequemer sei, ihm mündlich mitzuteilen, was ich gerne behalten würde. Ich habe nicht gewagt, die neue, mehrere Seiten lange Liste eingehend zu lesen, aber als ich sie überflog – mehrere Male, um die Wahrheit zu sagen –, habe ich zwei Dinge festgestellt: dass Noguera verrückt genug ist, um alle möglichen Dinge einzuschließen, die nichts mit mir zu tun haben und die zweifellos lange Zeit, nachdem ich von Berta nichts mehr gehört hatte, gekauft worden waren; aber nicht verrückt genug, um mir (wie ich fürchtete) Strümpfe, Unterwäsche und ähnliche Dinge anzubieten – die gewiss zu denen gehören werden, die das Feuer verschlingen wird – oder das Silberbesteck, den Plattenspieler, das Videogerät und den Fernsehapparat – die die Flammen in vierzehn Tagen bestimmt nicht verzehren werden. Noguera, verwirrt durch den unerwarteten und vielleicht vermeidbaren Tod seiner Frau (und es ist normal, dass er jetzt verstörter ist als das erste Mal, da er sich an mich wandte, denn damals hatte er sie gerade begraben und die Besänftigung und Vernünftigkeit, die die Toten uns bescheren, hatten ihn noch nicht verlassen), ist nicht imstande zu begreifen, dass, wenn er Berta Viella vergessen will, es *niemanden mehr* geben wird, der sich an sie erinnern will. Denn was zählt, ist das, was zuletzt kommt, und daher ist es unsere letzte Witwe, die getröstet werden muss, und geht das Erbe fast immer an diejenigen, die uns nicht als junge Menschen gekannt haben, sondern in der Zeit des abscheulichen Verfalls oder der starren Reife. Daher ist der große Hörbiger weder für mich noch für sonst jemanden in der Welt jetzt noch der heldenhafteste *Heldentenor* unseres Jahrhunderts, sondern ein von Manien besessener Verrückter, der wahrscheinlich eingesperrt in einem deutschen Krankenhaus lebt und dessen naher Tod ihn nicht mehr definieren wird. Daher ist Otello ein Richtender und Liu eine Märtyrerin bis zum Ende aller Zeiten, daher kann ich Manur nicht ohne weiteres vergessen (daher weiß ich aber auch noch nicht, was ich bin und ob jemand oder niemand sich an mich erinnern wird). Mit seinem unmöglichen Angebot ist Noguera bestrebt, gegen ein unveränderliches Gesetz zu verstoßen, dem zufolge das, was zuletzt kommt, alles Vorangehende bestimmt, bestätigt, verändert oder aufhebt. Er ist Bertas Ehemann, ihre letzte Wahl, und wird es immer sein, und wenn er sich jetzt beklagt und es ihm lästig wird, nicht zu vergessen, dann kann er nicht versuchen, eine unstatthafte Übertragung vorzunehmen und diese Verantwortung auf mich abzuwälzen. Ich kann keine Wiedergeburt zustande bringen, ich will mich nicht an sie erinnern; mehr noch, ich erinnere mich nicht einmal mehr an sie, wie ich zuvor schon gesagt habe. Ich will diese Bücher nicht, die meine waren, ich will ihre Fotos von Baudenkmälern und Gesichtern und Stränden nicht, ebenso wenig wie die Postkarten, die ich ihr aus der halben Welt geschickt habe, ich will weder einen Schwamm noch einen Morgenmantel, weder eine zerkratzte Schallplatte von Lauritz Melchior noch auch eine neue von Pavarotti und schon gar nicht eine von mir selbst, auf der ich erhebende Auszüge aus sieben Opern singe. Ich will weder ihre Medikamente noch ihre Sonnenbrille, weder ihre Schuhe mit Pfennigabsatz noch ihre Azaleen; ihre zu sehr aufs Geratewohl gekauften Romane, ihre Ringe, ihre auffälligen Ohrgehänge, ihre nicht getrunkenen Flaschen Rheinwein und Veuve Cliquot; ihr Eau de Cologne, ihre Augentropfen, ihre Lampen, ihre Lippenstifte, ihre Töpferwaren aus La Bisbal, die Trilobiten, die ich ihr geschenkt habe; ihre Blusen aus Seidengemisch, ihre Aschenbecher aus Murano-Glas, ihre Röcke aus changierendem Stoff, ihre Muscheln vom Lido, ihre englischen Teekannen, ihre Sammlung von Hähnen aus allen Ländern und aus jeglichem Material, ihre – so schönen – Stiche von Fortuny. Ich will nichts von dem, was sie besessen hat. Oder vielleicht nur eines: Denn obwohl ich nicht die Absicht hatte, habe ich zwischen den Gerichten – das Restaurant war so voll, die Kellner so beschäftigt, der so freundliche Oberkellner unterhielt sich nicht mit mir, so groß war das Stimmengewirr, und ich langweilte mich, da ich keiner Unterhaltung mein Ohr leihen konnte – mehr als nötig in den ausführlichen und irrwitzigen Listen geblättert, die Noguera mir geschickt hat, und gesehen, dass auf der dritten Seite der Gegenstand »eleganter italienischer Kalender« erscheint (so bezeichnet ihn der arme Noguera, von dem ich noch immer nicht weiß, was er im Leben macht noch wer er in Wirklichkeit ist). Ich frage mich, ob es der gleiche ist (marzo, ottobre, dicembre), der die Wand des Schlafzimmers in unserer Barceloneser Wohnung schmückte; ich meine, ob er von der gleichen Marke oder der gleichen Serie ist, ob Berta in ihrer Liebe zum Detail sie all diese Jahre weiter gekauft hat und sie folglich noch immer hergestellt werden. Ich könnte ihn von Noguera erbitten, diesen eleganten Kalender. Denn er wird ohnehin in ein paar Monaten abgelaufen sein, und man wird ihn wegwerfen müssen, und er wird nicht dauern noch mich lange Zeit an das erinnern, was zu erinnern ich nicht mehr fähig bin. Vielleicht ist es nicht schlecht für mich, ihn in dieser Zeit wieder anzuschauen, denn ich fürchte, dass von heute an wieder niemand meinen Schlaf bewachen wird noch ich den Schlaf von Natalia Manur bewachen werde. Heute Morgen, als ich in unserem riesigen Bett mit den vier Löwentatzen erwachte, war sie nicht da, und sie ist noch immer nicht nach Hause zurückgekehrt. Es kann sein, dass nichts Besonderes daran ist. Ich habe so viele Jahre so schlecht und so wenig geschlafen, dass ich jetzt jeden Abend eine starke Dosis Schlafmittel nehme (fünfundzwanzig Tropfen), die mich so tief schlafen lässt, dass nichts mich vor meinen acht Stunden Schlaf aufzuwecken vermag, es sei denn mein eigener, vor dem Einschlafen in Alarmbereitschaft versetzter Wille oder der Wille von jemand anderem, meinen bleiernen Schlaf zu unterbrechen und mich in die Welt zurückzuholen. Manchmal hat Natalia mich in der Nacht gebraucht, und dann hat sie mich mit lauter Stimme gerufen und mich geschüttelt und mir den Pyjama aufgeknöpft und mir die Schläfen und den Hals mit kaltem Wasser befeuchtet. Aber gestern Abend war mein Denken nicht auf Wachsamkeit geschaltet, und sie hat meiner sicher nicht bedurft, so dass sie unzweifelhaft früh ausgegangen ist, ohne dass ich es bemerkt habe, und dies möglicherweise in aller Eile getan und dieser Eile wegen nicht einmal eine Nachricht hinterlassen hat, um mir zu erklären, wohin sie gehen würde, oder mir wenigstens mitzuteilen, dass sie weder zum Mittag- noch zum Abendessen käme. Dass sie es eilig hatte, ist mehr als wahrscheinlich, denn anscheinend ist sie auf Reisen gegangen – unmöglich zu wissen, ob per Flugzeug oder per Zug –, und wenn man auf Reisen geht, hat man nie Zeit übrig. Im Kofferschrank fehlen zwei biegsame Koffer und eine große Tasche, und die meisten ihrer persönlichsten Dinge sind verschwunden, von denen ich jetzt keine Liste aufzustellen vermöchte wie die von Noguera, denn im Unterschied zu ihm habe ich sie nicht hier vor meinen Augen. Sie hat jedoch mitgenommen, was man nie zurücklässt: Im Badezimmer fehlen fast all ihre Sachen, und meine Zahnbürste ist wieder alleine, wie einst; ich weiß, dass ihre Schubladen nicht mehr ihre Unterwäsche enthalten noch ihre Schränke ihre Herbstkleidung, was mich auf den Gedanken bringt – da auf unserer Hemisphäre gerade der Frühling beginnt –, dass sie vielleicht nach Argentinien geflogen ist, wo ihr Bruder Roberto (den sie, es ist wahr, schon seit langer Zeit nicht mehr gesehen hat und nach dem sie sich oft sehnt) im Wohlstand lebt und bis heute zu bleiben vorgezogen hat. Ja, es kann sein, dass sie in einer plötzlichen Anwandlung beschlossen hat, ihn zu besuchen. Aber eine solche Anwandlung muss geplant werden, und es besteht auch die Möglichkeit, dass Natalia Manur mich verlassen hat, ohne mir etwas zu sagen, so wie sie vor vier Jahren Manur verlassen hat, und *sein* Verlassenwerden habe ich ebenfalls geträumt. (So viele Male hat Natalia mir erzählt, wie sie ihm zu verkünden pflegte: »Wenn ich endlich fortgehe, wirst du es nicht wissen.«) In den letzten Wochen oder vielleicht Monaten (die Zeit ist so flüchtig, wenn man immer auf

Reisen ist, und in diesen Jahren des Zusammenlebens sind wir aufgrund meines Berufes in der Welt herumgereist) schien sie der häufigen Ortsveränderung und auch – ein wenig – meiner überdrüssig zu sein. In ihrem Gesicht waren abermals die Augenringe erschienen, die ihre Weiblichkeit unterstreichen, und sie lachte weniger als gewöhnlich mit ihren schönen Zähnen, die ihr Gesicht zum Leuchten bringen, und sie hatte wieder begonnen – ein alter Tick, den sie in ihrer ersten Jugend oder vielleicht erst in Brüssel angenommen hatte –, übermäßig an der Haut ihrer Fingernägel herumzubeißen, und die beiden Zeigefinger – vor allem diese, aber auch die anderen – boten wieder den gleichen roten, kindlichen und hässlichen Anblick wie während jenes Aufenthalts in Madrid. Was mir jedoch etwas mehr Sorgen bereitete, war die anormale Müdigkeit, die sie jedes Mal überkam, wenn wir an einem neuen Ort eintrafen, an dem ich singen musste. Was vor vier und drei und zwei Jahren, was vor nur sechs Monaten eine Quelle größten Vergnügens für sie gewesen war, schien sich in eine Qual verwandelt zu haben, die ohne heftige, ja fast ohne ausdrückliche Klagen, aber – ich hege keinen Zweifel – mit großem Schmerz ertragen wurde. Auf den letzten Reisen hatte sie nicht einmal die Kraft, die Koffer auszupacken. Das Unterwegssein ertrug sie noch gut, und sie zeigte sich während der extremen Vorläufigkeit der Fahrten oder Flüge standhaft und sogar animiert; aber sobald der Hotelpage uns in unser Zimmer geführt hatte, fühlte sie eine unüberwindliche Erschöpfung und fiel wie vom Blitz getroffen auf eines der Betten des Hotelzimmers. Nach zwei Stunden Halbschlaf oder Dämmerzustand sammelte sie die nötigen Kräfte, um sich auszuziehen und zu duschen; dann legte sie sich wieder hin, und bei diesem Wechsel von Duschen und Schlafen, unterbrochen von ein wenig Lesen oder Fernsehen, blieb sie während des ganzen Aufenthalts in der jeweiligen Stadt. Sie wollte nicht mehr für sich ausgehen, um die Orte zu sehen (und dabei waren wir in der letzten Zeit in Prag und in Paris und in Berlin gewesen), noch meinen Proben beiwohnen (und dabei habe ich in der letzten Zeit so glanzvolle Partien wie Äneas und Pinkerton und Des Grieux gesungen), noch mich nach deren Beendigung abholen, um in Gesellschaft berühmter Kollegen und interessanter Leute zu Abend zu essen (und dabei sind wir kürzlich mit Anna Telesca und mit dem pittoresken Guillerme und mit dem schmucken Jerusalem zusammengetroffen). Sie bestellte ihr Essen auf das Zimmer, sie versteifte sich darauf, nur Spanisch zu sprechen und zu hören, und bereiste letztlich die Städte, die sie vor nicht allzu langer Zeit mit Begeisterung angeschaut und in denen sie freudig alle Art von Schmuck- und Gebrauchsgegenständen für unsere Wohnung aufgespürt hatte, als existierten sie nur dem Namen nach auf dem Flugticket. Sie verhielt sich wie eine Gestalt in einer ausgezeichneten Komödie, die ich vor kurzem in einer Videoaufzeichnung sah: ein charmanter Ex-Boxer, dick, ehrlich und berühmt, der nicht erkennen konnte, ob er sich in Chicago, New Orleans oder Detroit befand, da er in seinem alten Leben als Faustkämpfer an das obligate Eingesperrtsein in seinem Hotelzimmer gewöhnt war. Ich weiß nicht, was Natalia tat, während ich die Oper probte oder die Platte aufnahm, die uns dorthin geführt hatte, wo wir uns befanden, aber die wenigen Augenblicke, die wir auf den letzten Reisen zusammen im Hotelzimmer verbrachten, lag sie auf dem Bett – oft in ein großes Handtuch gehüllt, da sie nicht genug Energie aufgebracht hatte, sich nach einer Dusche wieder anzukleiden – und beschränkte sich darauf, Zeitschriften aller Art zu lesen, oder döste vor sich hin oder gähnte zumindest – bei ständig eingeschaltetem Fernsehapparat, wenn auch ohne Ton, um mich bei meinem Studium und meinen Übungen nicht zu stören, oder weil es sie letztlich nicht interessierte oder sie keine andere Sprache hören wollte – und reagierte allenfalls einsilbig auf meine Äußerungen und Initiativen und mit der Wange oder der Stirn auf meine Zärtlichkeiten. In einigen Städten warf sie ohne jeden Zusammenhang die Frage auf, was aus Dato geworden sein mochte, mit etwas in ihrer Stimme, das sich nicht sehr von der Sehnsucht unterschied, und es ist wahr, dass sie keine große Freude mehr an meiner Stimme oder meinem Gesang zu haben schien: Tatsächlich habe ich gesehen, wie sie ein-, zweimal angewidert die Mundwinkel verzog – ein saures Gesicht machte, wie es heißt –, als ich in ihrer Gegenwart meine Übungen absolvierte und einige schwindelerregende Vibratos oder mit Stentorstimme vorgetragene Tremolos ausführte, die sie früher bewundert hatte. In Paris und in Berlin schützte sie Migräne vor und wohnte nicht einmal meinen Auftritten bei. Nie hatte sie einen versäumt. Und während der kurzen Zeiten, die wir zu Hause verbrachten, habe ich sie nicht sehr viel glücklicher gesehen. Aber erst heute Morgen, als ich mit dem erneuerten Bild des einzigen Augenblicks erwachte (und so habe ich es euch erzählt), in dem ihr Gesicht mir deutlich erschienen ist, ist mir klargeworden, dass ihr Gesichtsausdruck in der letzten Zeit, der Nicht-Blick, der bei ihr vorherrschte, während sie auf dem Bett lag und Zeitschriften durchblätterte oder mit einem Auge Fernsehprogramme sah oder sich allenfalls ans Fenster stellte und gleichgültig eine schöne Allee oder einen historischen Platz oder eine ehrwürdige Kirche oder die in bewegliche Miniaturen verwandelten rätselhaften Bewohner irgendeines Landes betrachtete, der gleiche war, den ich bei jenem ersten Mal gesehen hatte und der mich erkennen ließ, dass Natalia Manur (deren Namen ich noch nicht kannte) sich – wie sagte ich doch? – in Melancholie verzehrte.

Und an all das, was vor vier Jahren in der Wirklichkeit und heute Morgen in meinem wahren und geordneten Traum geschah, vermag ich mich immer noch zu erinnern und kann es nicht verhindern, denn es ist noch nicht spät genug. Was geschah noch? Oder was habe ich noch geträumt, je mehr ich schreibe, desto ferner und verschwommener der Traum? Ja, natürlich, ich habe auch geträumt, dass ich Natalia Manur zum ersten Mal küsste, beinahe ohne es zu wissen, in jenem anderen (nichtluxuriösen) Hotelzimmer, in das wir am Nachmittag nach der Premiere von Verdis *Otello* im

Teatro de la Zarzuela gingen, als Manurs Verbot schon volle Gültigkeit besaß und Manur dennoch schon verlassen worden war, obwohl er es zu diesem Zeitpunkt nicht wusste. Auch ich wusste es nicht: Meistens weiß man nicht, wann man erwählt noch wann man verlassen wurde, nicht nur, weil dies immer hinter unserem Rücken geschieht, sondern auch weil es unmöglich ist, den Moment zu bestimmen, in dem die Situation umkippt, ebenso wie man nie weiß, ob die Tatsache selbst, erwählt zu werden, durch die eigenen Verdienste oder Tugenden, die eigene, unwiederholbare Existenz, das entscheidende, erfolgreiche Eingreifen oder vielmehr schlicht und einfach dadurch bedingt ist, dass man zufällig in ein fremdes Leben eintritt. Ich habe in dieser ganzen Zeit (in dem Intervall zwischen dem Ausruf »Jetzt ist's meine Zeit!« und der Aussage »Unsere Zeit ist um!«, dem Intervall dieser vier Jahre) keine Gewissheit darüber erlangen können, dass ich persönlich, eindeutig, unersetzbar notwendig war, damit Natalia Manur nach fünfzehn Jahren der Hinnahme und der Unterwerfung unter eine verordnete Situation, nach eineinhalb Jahrzehnten eines Zusammenlebens, das auf Routine, festgesetzten Bedingungen, ökonomischem Pakt, Furcht vor Vergeltung, Aufhebung alles Vorherigen, Warten und vielleicht – auch – auf einer in jedem Wortsinn unkenntlichen gegenseitigen Liebe aufgebaut war, beschloss, dieser Situation und diesem Zusammenleben an einem Nachmittag Mitte Mai ein Ende zu machen und davon ausgehend einen Austausch vorzunehmen, der sicher durch sehr viel weniger solide und bindende

Dinge untermauert war: die Freiheit der Wahl, die Überzeugungskraft einer Rede, die schmeichelhafte Liebe, die Glut einiger Küsse, die Herausforderung, die Erwartung und vielleicht – auch – eine so kenntliche wie ursprüngliche Leidenschaft. Ich weiß nicht, ob das Entscheidende darin lag, dass ich die Nummer fünf oder zehn oder fünfzehn der von ihrem Ehemann unbillig und tyrannisch in die Flucht geschlagenen Bewerber war (jener Bewerber, der dazu bestimmt war, ein »es reicht« zu bewirken), oder ob es die – nie zuvor erfahrene – Abwesenheit Roberto Montes von Madrid war, die sie jede Geduld verlieren und von jeder Angst um ihren Bruder oder um sich selbst absehen und erkennen ließ, was ihr noch blieb von ihrer Zukunft, die am Ende schwärzer war, als sie es je empfunden hatte, als ihr noch so viel davon blieb: fünf oder zehn oder sogar fünfzehn Jahre mehr, seit dem Beginn ihrer Ehe. Ich weiß nur, dass am Ende der lang erwarteten Premiere von Verdis *Otello* und entgegen Manurs Ankündigung weder er noch sie, noch Dato in meine Garderobe kamen, um mir zu gratulieren und danach mit mir den Erfolg zu feiern. Ebenso wenig kamen die Hure Claudina und ihr Brautführer Céspedes: Sie gehörten letztlich zu den wenigen Personen, die ich in Madrid kannte, obwohl dies die Stadt meiner Jugend war, aber ich versäumte leider die Gelegenheit, sie einzuladen, wie ich schon erwähnt habe. Und ebenso wenig erschien, wie ich gleichfalls erzählt habe, mein Stiefvater, der Herr Casaldáliga, dem ich durch einen motorisierten Boten zwei Einladungen geschickt hatte. Den Rest meines Kartenanteils hatte ich dem *Heldentenor* Otello übergeben, der – damals verstellte er sich noch gegenüber seinen möglichen Rivalen – mehr als einmal bei mir nachgefragt hatte, ob ich zufällig welche übrig hätte, so zahlreich waren seine Verpflichtungen. Niemand klopfte an die Tür meiner Garderobe, ich meine, niemand, der nicht dazu verpflichtet oder nicht völlig spontan war, und deshalb konnte ich jenen Abend nicht mit den Personen verbringen, die mich während meines Aufenthalts in Madrid – man kann sagen – unaufhörlich begleitet hatten. Als man mir im Theater bestätigte, dass sämtliche Zuschauer hinausgegangen waren, wurde ich von meinen Kollegen und den Impresarios (die immer von dem Wunsch beseelt sind, sich mit Prominenten zu zeigen, und ich war dabei, einer zu werden) zu einem späten Abendessen in ein lautes Lokal und danach zu einem dieser lärmenden Terrassencafés geschleppt, auf denen die Madrider sich an ihren verschiedenen Promenaden verewigen, sobald das gute Wetter beginnt. Meine lebhafteste Erinnerung an diesen Abend ist das ständige Hin und Her der skrupulösen Müllabfuhr, wie es in Madrid üblich ist, wo immer man sich befindet und zu jeder Stunde nach Sonnenuntergang: Ein entsetzliches Getöse und ein Geruch nach Unrat ruinierten in bestimmten Zeitabständen die Unterhaltungen und den Geschmack der Getränke. Jetzt denke ich, dass ich es deshalb so lange an diesen Orten und mit diesen Leuten ausgehalten habe, weil es mich tröstete, dass ich nach wie vor nicht wusste, was zwischen dem Ehepaar Manur vorgefallen war (dieser gnadenvolle Zustand der Ungewissheit), und fürchtete, ich könnte es erfahren, wenn ich ins Hotel zurückkehrte, wo man mir vielleicht sagen würde, was ich ahnte und auf keinen Fall hören wollte: dass sie abgereist waren, ohne eine Spur zu hinterlassen. Es war ein furchtbarer Abend. Desdemona oder die schöne Priés hatte den unzuverlässigen und unansehnlichen ersten Geiger des Orchesters (ein Spanier) bei sich, den sie – da sie sich nach ihrem schlagenden Erfolg auf der Bühne zweifellos kühner und im Besitz von mehr Rechten fühlte – unverhohlen abknutschte und dem sie zerstreut die behaarte Brust streichelte. Jago oder der aufgeblasene Volte zog sich glücklicherweise ziemlich früh zurück, denn obwohl der nächste Tag ein strikter Ruhetag war, gedachte er noch, früh am Morgen einige Nuancen seiner Interpretation zu vervollkommnen (so sagte er, »perfezionare«); aber bevor er ging, belehrte er mich zehn Minuten lang über die Begrenztheit meiner eigenen Arbeit. Otello oder Hörbiger trank sich einen leichten Rausch an, erzählte boshafte Anekdoten und forderte mehr oder minder, die Gesamtheit der Personen an dem langen Tisch (fünfzehn oder zwanzig, von denen fast niemand Deutsch verstand, das Einzige, was ihm in diesem Zustand zusammenhängend und flüssig über die Lippen kam) habe ihm Aufmerksamkeit zu schenken: Ab und zu rief er in seiner Sprache von seinem Kopfende her – wie man mir übersetzte –: »Hört zu, hört alle zu, jetzt kommt eine besonders amüsante!«; gleichwohl war sein schlimmster Feind nicht das sprachliche Unverständnis, sondern die obsessive und tyrannische Müllabfuhr der Hauptstadt und ihre allgegenwärtigen Wagen, die alles übertönten. Es war nach einem dieser vom

Getöse der sofortigen Zerkleinerung begleiteten stinkenden Luftschwälle, dass ich mich ohne jede Vorwarnung auf den Sand der Terrasse erbrach. Sich erbrechen ist das Allerschlimmste für einen Sänger, vor allem wegen des Würgens. Unruhe breitete sich aus, fast alle – aus Furcht vor Ansteckung oder aus Ekel – wandten mir den Rücken zu. Ich säuberte mich, so gut es ging, mit meinem Taschentuch und einem anderen, das man mir lieh, und als ich mich ein wenig besser fühlte, kehrte ich mit dem Taxi ins Hotel zurück, wo mich eine Nachricht erwartete, die mir Céspedes persönlich (offensichtlich arbeitete er immer in der Nachtschicht) zusammen mit meinem Schlüssel aushändigte. Ich sah, dass er mein beflecktes Jackett bemerkte, aber er machte keine Bemerkung darüber, ebenso wenig wie über die Verschwendung seiner Hausmasseuse am Vorabend, über die er informiert war, wie ich annahm. Er beschränkte sich darauf, in seinem professionellen Ton zu fragen, ob ich vor dem Schlafengehen noch etwas brauchte.

Der Umschlag stammte von Dato, der mich bat, ich möge bei meiner Ankunft im Hotel, egal wie spät es sei, unbedingt auf sein Zimmer kommen. Es war halb drei, und ich war völlig erledigt, aber die Wohltat der Ungewissheit dauert nicht lange: Jetzt musste ich es wissen, ich ging hinauf zu Dato. Wenige Male ist mir ein Mensch so verhalten nervös erschienen wie an jenem frühen Morgen der ehemalige Börsenmakler mit seinen dem achtzehnten Jahrhundert entstammenden Händen. Er hatte mich rauchend erwartet – der übervolle Aschenbecher – und war mit einem seidenen, bordeauxroten Hausmantel bekleidet, obwohl er darunter noch das Hemd und die Hose seiner Straßenkleidung trug; er hatte auch Schuhe an, braune (mit Schnürsenkeln). Er schaute mich von oben bis unten und von unten bis oben an, zweifellos meines erbärmlichen Anblicks wegen. Aber es war auch, als schaute er mich zum ersten Mal an oder unter einem neuen Blickwinkel, vielleicht so, wie ich mir vorstelle, dass ich vor vier Jahren Noguera hätte anschauen können, wenn man ihn mir damals als künftigen Ehemann meiner Freundin Berta vorgestellt hätte.

»Ich vertraue darauf, dass Sie morgen zu der Verabredung, zu der ich Sie zitieren soll, in einem Zustand erscheinen, der sich eher sehen lassen kann. Möchten Sie etwas trinken?« Und bei diesen Worten legte er die Hand auf den Griff des kleinen Kühlschranks oder der Minibar seines Zimmers. Er ließ mir keine Zeit, auch nur den Kopf zu schütteln. »Wohl eher nicht, nach diesen Spuren zu urteilen. Ein Missgeschick?«

Ich schaute auf mein Jackett.

»Ich konnte mich nicht umziehen gehen, nichts Schlimmes. Was ist los?«

»Das werden Sie sicher besser wissen als ich. Anscheinend werden Sie mich von meinem Amt als Begleiter befreien, vielleicht werden Sie mich sogar um meine Stelle bringen.« Der sprach, war nicht mehr der unerlässliche und umsichtige Dato, der sich darauf beschränkte, schweigend unseren Abendessen und Unterhaltungen und Spaziergängen und Einkäufen beizuwohnen, sondern wieder derjenige, den ich allein in der Bar des Hotels kennengelernt hatte: lebhaft, leichtfertig, respektlos, obwohl er nicht mehr lächelte (munter und düster).

»Was wollen Sie damit sagen? Wovon sprechen Sie? Warum ist niemand ins Theater gekommen?«

Dato zündete sich eine neue Zigarette an und beklopfte sie sofort mit einem Finger, damit sie Asche fallen ließe, die noch nicht existierte. Er war erregt, aber, wie ich schon sagte, er beherrschte sich.

»Ich weiß es nicht, es ist egal. Ich weiß nicht, was los ist, zum ersten Mal in vielen Jahren weiß ich nicht, was los ist. Aber achten Sie nicht auf mich, in Wirklichkeit besteht keine Gefahr, dass ich meine Stelle verliere. Im Gegenteil, wahrscheinlich werde ich noch unentbehrlicher sein, jetzt werde ich mich nur noch um die andere Seite kümmern müssen. Ich habe Ihnen ja schon einmal gesagt, dass der Umgang mit einem Ehepaar wie der Umgang mit einer einzigen widersprüchlichen und vergesslichen Person ist. Jetzt wird es anders sein, vielleicht leichter, ein Mann allein ohne Widersprüche« – und er wiederholte – »ein Mann allein.«

Ich schwieg. Dato rauchte. Plötzlich leuchtete sein Gesicht (ein wenig) auf: Sein gewölbtes Zahnfleisch erschien.

»Es sei denn, Ihre Absichten sind andere als die, die ich Ihnen unterstelle. Wenn Sie sich morgen, bei Ihrer Verabredung, darauf beschränken, sich zu amüsieren, einen angenehmen Augenblick zu verbringen, und danach die Dinge lassen, wie sie sind, wie sie immer gewesen sind … Wenn Sie mir erlauben, würde ich Ihnen das empfehlen. Es wäre das Beste, ich weiß nicht, ob für

Natalia oder für Sie, aber bestimmt für mich und für Herrn Manur. Und wahrscheinlich auch für Sie beide, aber ich werde Sie nicht überzeugen, nicht wahr?«

»Von was für einer Verabredung reden Sie? Wollen Sie sich bitte endlich einmal erklären? Wo ist Natalia?«

Obwohl ich abermals den Irrtum beging, mehrere Fragen aneinanderzureihen, beantwortete Dato sie mir dieses Mal alle.

»Natalia ist in ihrem Zimmer und schläft neben Herrn Manur. Der Grund, weshalb ich Sie gebeten habe, zu mir zu kommen, ist eine Nachricht, die ich Ihnen von ihr übermitteln soll. Sie hat mich veranlasst, ein Zimmer in diesem Hotel zu reservieren« – bei diesen Worten nahm er mit zwei Fingern eine Karte, die auf dem Tisch lag, und reichte sie mir –, »und möchte, dass Sie mit ihr um fünf Uhr nachmittags dorthin gehen. Vorher kann sie Sie nicht sehen, ich meine, beim Frühstück und so. Ich nehme an, es ist eine galante Verabredung« – er machte nicht die geringste Pause zwischen dieser Äußerung und dem, was er danach sagte, als wollte er, dass sie gehört, aber nicht wahrgenommen würde –, »sie hat mir auch aufgetragen, ich möge Ihnen zu Ihrem Auftritt heute Abend gratulieren. Sie ist sicher, sagt sie, dass es ein großer Erfolg gewesen ist. Es tut ihr sehr leid, dass sie nicht dabei sein konnte.«

Ich schaute den Namen und die Adresse jenes Hotels an. Es befand sich in derselben Straße, meiner Erinnerung nach fast gegenüber – ein bescheidenes Hotel –, als wäre es das erste gewesen, das Natalia Manur beim Verlassen des unseren gesehen hätte.

»Danke«, sagte ich. Dann zögerte ich: »Hören Sie, Dato, ich nehme an, Herr Manur wird nichts davon wissen, nicht wahr?«

Dato drückte verärgert oder mit noch frischer Verzweiflung die nicht zu Ende gerauchte Zigarette aus.

»Was glauben Sie denn? Sie haben doch heute Morgen mit ihm gesprochen, Sie haben ihn kennengelernt, oder? Das ist noch nie passiert.«

»Was ist noch nie passiert?«

»Ich habe Ihnen doch gesagt, dass Natalia Manur keine Liebhaber hatte.«

Ich war nicht imstande, vor Dato zu erröten.

»Sie haben mir gesagt, dass Sie Herrn Manur über das informieren, was Sie wissen und über nichts weiter und dass Sie nicht wissen, ob sie welche hat oder gehabt hat. Aber morgen« – ich errötete noch immer nicht –, »morgen wird sie vielleicht einen haben, und Sie werden auf dem Laufenden sein. Ich weiß nicht, ob Sie ihn zu informieren gedenken, aber mir scheint, bei diesem Mann macht es einen großen Unterschied aus, ob man es vorher oder nachher tut.«

Dato holte seine Zigarettenschachtel aus der Tasche des Hausmantels und zündete sich mit seinen zierlichen Fingern, die den Eindruck machten, als könnten sie ebenso verbrennen wie das Papier oder das Streichholz, eine neue Zigarette an.

»Mein Herr, Sie scheinen nicht zu begreifen oder aber Sie werden vielleicht tun, was ich Ihnen geraten habe, obwohl ich gleichzeitig ausschließe, dass Sie es tun werden. Wenn Natalia Manur morgen zu dieser Verabredung geht und Sie auch hingehen; wenn Sie sich nicht darauf beschränken, sich eine Weile zu amüsieren und es mehr oder minder dabei zu belassen, wie ich Ihnen empfohlen habe, dann ist es nicht nötig, dass ich Herrn Manur am Abend über irgendetwas informiere. Sie wird nicht zurückkommen, und er wird wissen, dass sie nicht zurückkommt. Ich weiß nicht, in welchem Augenblick des frühen Morgens er sich für besiegt erklären und es zugeben wird (und dann wird er zu mir kommen), aber der Tag wird nicht anbrechen, ohne dass er es begriffen hat. Es ist richtig, dass sie sich zumindest dann, wenn es ernst wird, seine Szenen erspart. Ich werde sie erleben.« Er verstummte einen Augenblick und stieß den Rauch seiner Zigarette durch die Nasenlöcher aus, als versuchte er, einen Seufzer zu vertuschen. Dann fügte er hinzu: »Sie sind ein Erwählter, begreifen Sie das nicht?«

Seit jenem Aufenthalt in Madrid habe ich nichts mehr von Dato gehört, ich bin während der vier Jahre, die zwischen den von mir erzählten Ereignissen und dem heutigen Morgen liegen, nicht einmal imstande gewesen, mir im Geist sein Gesicht vorzustellen. Aber jetzt sehe ich ihn noch gut, wenn ich auch weiß, dass seine magischen und alterslosen Gesichtszüge in den nächsten Tagen unweigerlich wieder verschwimmen werden. Ich sehe deutlich sein krauses Haar und seine hervorquellenden Augen, seine winzigen Hände und sein gummiartiges Zahnfleisch, seine Schuhe mit Schnürsenkeln und seinen seidenen bordeauxroten Hausmantel (ich sehe vor allem diese verschwindend kleinen Hände, die nicht mehr das Rückgeld der Beträge an sich nehmen werden, die seine Herrin bezahlte, und vielleicht war es die Unmotiviertheit dieser Geste, die in diesen Augenblicken die Waagschale sinken ließ). Ich sehe auch seinen verächtlichen Gesichtsausdruck, mit dem er mir, als ich mich beim Verlassen des Zimmers noch einmal umwandte und ihn fragte, warum er nicht versuchte, die Verabredung, den Beginn zu verhindern, warum er Natalia Manur gegen ihren Mann begünstigte, mit rostiger und heiserer Stimme, halb durch den ausgestoßenen Rauch verborgen, antwortete: »Es ist schwierig zu wissen, wen man mit einer Handlung oder einer Unterlassung begünstigt, aber es ist auch ermüdend, keine Vorlieben zu haben.«

So wie dies das letzte Mal war, dass ich Dato sprechen hörte, war es um fünf Uhr nachmittags am folgenden Tag das erste Mal, dass ich Natalia Manur ohne ihren Begleiter sah, der – gehorsam, käuflich, gespalten, aber auch seiner Wahl unterworfen – uns in der Tat nicht folgte an jenem Nachmittag mit grünlichen und orangefarbenen Wolken und viel Wind, als Natalia Manur und ich gemeinsam das gemietete Zimmer jenes eher schäbigen Hotels betraten, weil wir keinen Ort hatten, an den wir gehen konnten in dieser Stadt, die einmal unser beider Stadt gewesen war. Ich schloss die Tür und ließ, fast ohne es zu wissen, mit stummer Glut Küsse auf ihr Gesicht niederregnen, als hätte ich es eilig, zu ihrer Seele vorzudringen. Ich küsste ihre blassen Wangen, ihre harte Stirn, ihre schweren Augenlider, ihre großen, konturlosen Lippen. Und sie, fast ohne es zu wissen, fühlte sich emporgehoben durch meine mächtige Umarmung, als hätte ich eine Welle über ihr zusammenschlagen lassen, die sie durch ihr bloßes Vorüberfluten erschöpfen würde.

»Wenn du stirbst, werde ich dich wahrhaft beweinen. Ich werde mich deinem verwandelten Gesicht nähern, um dir in einer letzten Anstrengung verzweifelt die Lippen zu küssen, voll Anmaßung und Glauben, dich der Welt wiedergeben zu können, die dich verbannt haben wird. Ich werde mich in meiner eigenen Existenz verwundet fühlen und meine Geschichte durch diesen deinen endgültigen Augenblick als zweigeteilt betrachten. Ich werde deine widerspenstigen und überraschten Augen mit freundlicher Hand schließen und deinen weiß gewordenen und veränderlichen Leichnam während der ganzen Nacht und der vergeblichen Morgenröte bewachen, die dich nicht gekannt haben wird. Ich werde dein Kissen fortnehmen, deine feuchten Laken. Ich, außerstande, mir das Leben ohne deine tägliche Gegenwart vorzustellen, werde unverzüglich deinen Schritten folgen wollen, wenn ich dich leblos sehe. Ich werde dein Grab besuchen und werde ohne Zeugen hoch oben auf dem Friedhof zu dir sprechen, nachdem ich den Abhang hinaufgestiegen bin und mit Liebe und Müdigkeit durch den beschrifteten Stein hindurchgesehen habe. Ich werde in deinem Tod die Vorwegnahme meines eigenen Todes sehen, ich werde mein Abbild sehen und dann, wenn ich mich in deinen starren Gesichtszügen erkenne, werde ich aufhören, an die Wirklichkeit deines Erlöschens zu glauben, weil dieses meinem eigenen Gestalt und Wahrscheinlichkeit gibt. Denn niemand ist imstande, sich den eigenen Tod vorzustellen.«

Manur wartete vier Tage, bis er zu sterben begann, das heißt, bis er den Versuch unternahm, sich mit einer in seinem Besitz befindlichen Pistole umzubringen, mit der er über die Grenzen zu fahren wagte, wenn er es mit dem Zug tat; und nur damals – vor dem heutigen Tag – lief ich Gefahr, Natalia Manur zu verlieren, und musste sie in jenem Hotelzimmer anflehen und ihr sagen, wie ich geträumt habe: »Ich will nicht wie ein Idiot sterben.« Denn sie wollte an seiner Seite sein, während er genas, und kehrte tatsächlich an seine Seite zurück und blieb die drei Wochen bei ihm, die nicht seine Genesung, sondern seine Agonie dauerte. Jener Versuch, der fehlgeschlagen schien und es am Ende doch nicht war, wurde durchgeführt, während ich mich auf der Bühne des Teatro de la Zarzuela befand und zum dritten und letzten Mal die Partie des Cassio in Verdis *Otello* sang und Natalia mich von ihrem Platz im vollen Parkett aus bewunderte. Als wir es bei unserer sehr späten Rückkehr von unserer privaten Feier erfuhren, schlief Manur bereits in einem Krankenhaus, und alles deutete darauf hin, dass er mit dem Leben davonkommen würde. Man hatte ihn fünf Stunden zuvor gefunden, gleich nach dem Schuss: Ein Paar – vielleicht ein kubanisches oder kanarisches Paar – hatte sich im Stockwerk geirrt.

Sie hatten sich mit den Fahrstühlen amüsiert, nachdem sie verschiedene Cocktails in der Bar unten getrunken hatten. Die Frau, die den Schlüssel in der Handtasche trug, versuchte erfolglos, die Tür ihres vermeintlichen Zimmers zu öffnen; er, ungeduldig durch ihre, wie er glaubte, übermäßige Ungeschicktheit oder ihren neuen Scherz, entriss ihn ihr, und als er sich unter Lachen vergeblich mit dem Schloss von Manurs Zimmer abmühte, hörten die beiden ganz deutlich den Knall, der von drinnen kam, und erschraken. Nachdem der Portier durch das Paar benachrichtigt worden war, informierte dieser den Geschäftsführer, der sich mit dem Hauptschlüssel und begleitet von drei Untergebenen vor der Tür einfand. Desgleichen erschien Dato, den man ebenfalls sofort verständigt hatte. Die Gruppe konnte nicht verhindern, dass das betrunkene Paar unter Ausrufen und lautem Gelächter ihren Schritten folgte. Nachdem sie geklopft und keine Antwort erhalten hatten, öffneten sie die Tür und traten ein und fanden Manur auf dem Boden sitzend, zu Füßen eines Sessels, von dem er sicher durch die Wucht des Schusses heruntergerutscht war. Mit dem Rücken lehnte er gegen den Rand des Sitzes, die Schöße seines Jacketts mussten zerknittert sein. Der leichte Wind bewegte die Vorhänge, die durch die eben hereingebrochene Nacht bläulich schimmerten. Ein Licht brannte, das im Badezimmer, und erleuchtete ein Viereck. Manur befand sich nicht innerhalb dieses Vierecks. Er war in Straßenkleidung. Er trug die Brille, von der ich nicht mit Sicherheit wusste, ob er sie benutzte. Er hatte seine Pistole in der Hand – der Zeigefinger war noch gekrümmt – und ein Loch in der Brust. Das Blut begann, Hemd, Jackett und Krawatte zu durchtränken. Wie ein Handelsreisender.

Die Hand hatte gezögert, und die für das Herz bestimmte Kugel war in den linken Lungenflügel gedrungen, ohne ein lebenswichtiges Organ zu verletzen. Oder aber die Hand war sicher gewesen und hatte dort verwundet, wo sie verwunden wollte, obwohl sie in diesem Fall das Risiko einer verhängnisvollen Abweichung einging. Am Anfang dachte man, Manur würde leben, aber es war nicht so. Ich weiß nichts über Medizin oder Wunden oder Schusswaffen (in Wirklichkeit kenne ich mich in fast nichts aus, was nicht mit meinem Beruf zusammenhängt), aber man hat mir erklärt, dass die Kugeln gewöhnlich nicht nur schmutzig sind – Kugeln *sind* allem Anschein nach schmutzig –, sondern dass mit ihnen auch das Stück Kleidung, das sie durchschlagen und mitreißen, in den Körper dringt, und die Kleidung enthält immer Bakterien, die, wenn der behandelnde Arzt nicht geschickt und gewissenhaft ist oder kein Glück hat, schwerste Infektionen auslösen können, die bisweilen niemand einzudämmen vermag: Und das war es, was Manur widerfuhr, wie Natalia mir später als Einziges erzählte. (Es konnte, wenn er nicht darauf geachtet hatte, sie im Augenblick des Schießens gerade zu halten, vielleicht ein Stück jener grünen Krawatte gewesen sein – auf die einige Tage zuvor in meiner Gegenwart ein Tropfen Kaffee gefallen war –, das in seine Lunge eindrang und sie auf den Tod infizierte, aber es ist unmöglich, das zu wissen, und unmöglich zu wissen, dass es nicht so war, denn sicher wird niemand mehr sich daran erinnern – wenn überhaupt jemand darauf geachtet hat –, wie er genau gekleidet war, als er auf sich schoss; mir kommt auch der Gedanke, dass Manur wirklich sterben wollte, aber nicht sofort, sondern mit Natalia – der Verkörperung seines Lebens – an seiner Seite, und daher den Schuss nicht fehlleitete und richtig zielte, aber zuvor dafür Sorge getragen hatte, die Kugel absichtlich zu verschmutzen: Wer weiß, ob er sie am Abend zuvor nicht bewusst mit dem Abfall irgendeiner Mülltonne verschmutzte und beschmierte, an der er vorbeikam, bevor die unersättlichen Müllwagen der Stadt Madrid deren Inhalt zu verschlingen begannen.) Er starb, wie ich bereits gesagt habe, drei Wochen nach dem Versuch (der in diesem Augenblick, nehme ich an, aufhörte, einer zu sein), und bis zum letzten Augenblick befand sich Natalia Manur an seiner Seite. (Sie sah ihn sterben und hat mir nie von seinem Tod erzählt und auch nicht von diesen drei Wochen, von denen ich nichts weiß.) Ich sagte einen Liederabend ab, der einige Tage später in Lissabon anstand, und kehrte zwei Tage nach jenem Schuss in dem luxuriösen Zimmer oder – was das Gleiche ist – an dem Morgen nach Barcelona zurück, der auf den Tag folgte, an dem Natalia Manur unser zweites Hotel verlassen hatte, in dem ich daher, wenn ich mich nicht irre, ohne sie nur noch eine Nacht blieb. (Ich dachte, so scheint mir, ich sollte Berta langsam auf den Moment vorbereiten, da Natalia – wenn Manur wiederhergestellt oder tot wäre – sich entschließen würde, abermals auf mich zuzukommen und zu mir zurückkehren würde. Aber dieser Gedanke ist nicht in meinem Traum erschienen.)

Ich sah ihn nicht, ich meine den blutbefleckten oder verbundenen oder genesenden oder sterbenden Manur. Auch nicht tot, natürlich. Ich habe immer gedacht, dass er einen Fehler begangen hatte, jener despotische Mann, der auf den ersten Blick dazu nicht imstande zu sein schien und doch so viele beging. Wenn ich auch nicht weiß, welchen, und in Wirklichkeit nur weiß, was Dato Natalia erzählte und sie mir erzählt hat: dass Manur die ersten drei Tage seiner Einsamkeit damit verbrachte, unverändert den Aktivitäten nachzugehen, die er geplant hatte, bevor er während der Nacht (oder der Morgendämmerung) am Tag nach meiner Premiere seine Entdeckung machte. Dato zufolge war seine anfängliche Reaktion sehr maßvoll, anders, als zu erwarten stand, und auch anders, als es bei seinen vormaligen falschen oder zumindest vorweggenommenen Alarmzuständen üblich war. Er versuchte nicht einmal, seinem Sekretär den Ort zu entlocken, an dem wir uns befanden und der tatsächlich fast gegenüber von ihm lag. Dato sagte – erzählte Natalia –, er habe geistesabwesend, wenn nicht gleichgültig gewirkt und schien vor allem nicht den geringsten Wunsch zu verspüren, über die Flucht zu sprechen, nicht einmal, um sich zu beklagen. Wenn überhaupt, sagte Dato (aber Dato konnte darin und in allem lügen, so wie jeder lügen kann, der etwas erzählt, was nur er weiß oder zu wissen behauptet), sei das einzig Seltsame an seinem Verhalten gewesen, dass er an zweien dieser Nachmittage den Fernseher einschaltete und lange fernsah, was ungewöhnlich war für einen so ruhelosen und aktiven Mann, wie Herr Manur es war (er sah, dass er eine Quizsendung und ein Spiel von Real Madrid anschaute). Dem Abend oder der Nacht, in der er sich umzubringen versuchte und ihm dies tatsächlich auch gelang, war ein normaler – was in seinem Fall hieß: intensiver – Arbeitstag vorausgegangen, und er traf keine besonderen Anordnungen, noch versuchte er, alle Angelegenheiten abzuschließen, die ihn nach Madrid geführt hatten. Es gab noch viele unerledigte Dinge und sogar zwei Verabredungen, die er für den nächsten Vormittag anberaumt hatte, im Prinzip der vorletzte seines Aufenthalts. Nichts – sagte Dato –, weder in den zweiundsiebzig Stunden vor dem Versuch noch am Tag des Versuches selbst, habe seine Absichten erahnen lassen. Vielleicht hatte er keine. Es kann sein, dass Manur müde in sein Zimmer kam, als der Nachmittag zur Neige zu gehen begann, und sich angekleidet auf dem Ehebett ausstreckte, nachdem er seinen grünen Filzhut auf die Bettdecke gelegt hatte, sicher ohne von dem Aberglauben zu wissen, der verbietet, einen Hut auf ein Bett zu legen. Es kann sein, dass er, nachdem er zehn oder fünfzehn Minuten so dagelegen hatte, mit der Fernbedienung den Fernseher einschaltete und allein fernsah, so wie ich fernsah, wenn ich von meinen Reisen nach Barcelona und zu Berta zurückkehre, und wie Natalia in unseren letzten luxuriösen Zimmern in den großen Hauptstädten der Welt, in denen ich gesungen habe, unaufhörlich fernsah. Es kann sein, dass an jenem Nachmittag oder Abend weder Quizsendungen noch Fußballspiele geboten wurden. Es kann sein, dass Manur sich dann erhob und den Schrank öffnete, um seine Kleidung zu wechseln oder sich einen Hausmantel anzuziehen, der ebenfalls aus Seide war, aber im Unterschied zu dem, den ich an Dato gesehen habe, wahrscheinlich kaffeefarben oder grün, den Lieblingsfarben von Herrn Manur nach dem Bild oder der Vorstellung, die mir endgültig von ihm geblieben ist. Aber vielleicht ist es nicht dazu gekommen, dass er seine Kleidung wechselte oder sich diesen Hausmantel anzog, weil er in diesem Schrank, wie ich heute in denen in meiner Wohnung, viele der von Natalia Manur zurückgelassenen Kleidungsstücke gesehen hat, denn sie kam in das zweite und schäbige Hotel gegenüber nur mit dem Allernotwendigsten in einem biegsamen Koffer mittlerer Größe, den ich vier Tage lang auf dem Boden des Zimmers liegen sah und den sie noch immer besitzt und heute Morgen mitgenommen hat. Vielleicht hat Manur diese Kleidungsstücke mit seinen dicklichen Fingern berührt, möglicherweise hat er sie mit seinen wulstigen Lippen geküsst oder sein grob geschnittenes Gesicht an den duftenden und reglosen Stoffen gerieben, und ein leichter Bart (er muss ihn am Abend abermals rasieren, wenn er ausgeht) verhindert, dass sie sanft über seine Wangen gleiten. Manur sieht es dunkel werden: Er öffnet das Balkonfenster, um besser zu sehen, wie es dunkel wird, und eine frühlingshafte Luft, die seinem Land fremd ist, bewegt leicht die Vorhänge, die noch nicht bläulich sind und vermutlich die gleichen waren wie bei mir, obwohl es in meinem Zimmer kein Ehebett gab, sondern zwei gleiche Betten mit einem Teppich dazwischen. Manur setzt sich die Brille auf und wendet den Blick wieder dem Fernseher zu, der nichts Interessantes bietet; dann schaut er nach draußen: Dort ist der Himmel von Madrid, ein Flugzeug, vor dem ich keine Angst mehr haben werde, die Straße, der Platz, dort sind die Frauen, die in eleganter Aufmachung ausgehen, die Autos in allen Farben. Dies ist nicht sein Land. Seine cognacfarbenen Augen blicken verhalten und bedächtig durch die Brillengläser: Sie gleiten nicht mehr rasch über die Dinge der Welt hinweg, sie fühlen sich nicht mehr von ihnen verwöhnt. Manur stellt den Fernseher ab und schaltet das Licht im Badezimmer ein, in dessen Spiegel er sich selbst – seine solide Gestalt – flüchtig erblickt, ohne innezuhalten. Er glättet sein spärliches Haar, ohne sich dessen gewahr zu werden. Er uriniert bei offener Tür, er trägt noch immer das Jackett. Er kehrt ins Zimmer zurück, er schaut zu, wie es dunkel wird. Er setzt sich und wartet, dass es dunkel ist. Er riecht nach nichts. Mein Tag ist beendet, und ich werde müde, ich frage mich, was ich heute Nacht träumen werde, wenn ich diesen Federhalter aus der Hand lege und allein zu Bett gehe. Mein Bewusstsein ist daran gewöhnt, wach zu bleiben (gennaio, agosto, novembre). Manur schaut auf seine Hand im Halbdunkel. So, im Sitzen, in Straßenkleidung, bekommt er Lust, sich auszulöschen. Meine Hand ist im Halbdunkel. Aber ihr braucht euch keine Sorgen zu machen, ich wäre unfähig, seinem Beispiel zu folgen.

Mai 1986

Nachwort des Autors

Am Ursprung des Romans »Der Gefühlsmensch« stehen zwei Bilder: Das erste könnte, eher als der Wirklichkeit, einer illustrierten Ausgabe der »Sturmhöhe« oder einer auf Emily Brontës Roman basierenden Verfilmung angehören. Das Bild zeigt einen Mann und eine Frau in ländlicher Umgebung, getrennt durch einen Zaun. Sie sprechen miteinander, vielleicht finden sie sich gerade, vielleicht trennen sie sich. Dieses Bild erscheint jedoch nicht in meinem Buch; es diente als Inspiration, es war sein erster Herzschlag – so hätte Nabokov gesagt – und verschwand. Das zweite Bild hingegen entstammt der Wirklichkeit und ist auch im Buch, in seinem ersten Teil, enthalten: Als ich im Zug von Mailand nach Venedig reiste, saß mir drei Stunden lang eine Frau gegenüber, die exakt der äußerlichen und moralischen Beschreibung entspricht, die der Leser wenige Seiten nach Beginn der Lektüre findet. Als ich zu schreiben begann, verfügte ich über nicht viel mehr, abgesehen von dem Satz, der die Erzählung eröffnet.

Das ist meine gewöhnliche Arbeitsweise. Ich muss mich vorantasten, und nichts würde mich mehr langweilen und abschrecken, als von vornherein, zu Beginn eines Romans, genau zu wissen, wie dieser sein wird: welche Gestalten ihn bevölkern, wann und wie sie auftreten oder verschwinden, was aus ihren Leben oder dem Bruchstück ihrer Leben werden wird, das ich zu erzählen habe. All dies geschieht, während der Roman geschrieben wird, es gehört in das Reich der *Erfindung*, in der etymologischen Bedeutung von Entdeckung, Fund; und es gibt sogar Augenblicke, da man innehält und zwei mögliche Fortsetzungen vor sich sieht, die völlig entgegengesetzt sind. Wenn das Buch abgeschlossen ist – das heißt, wenn die Erfindung abgeschlossen ist, wenn das Buch auf eine bestimmte Weise *ist*, die durch die Veröffentlichung unabänderlich wird –, scheint es unmöglich, dass es anders hätte sein können. Und dann *glaubt* man, man könne von ihm sprechen, man könne es sogar mit anderen Worten als den in diesem Buch verwendeten erklären, so als müssten diese nicht in allen Fällen genügen.

»Der Gefühlsmensch« ist eine Liebesgeschichte, in der die Liebe weder sichtbar ist noch lebt, sondern angekündigt und erinnert wird. Ist dies möglich? Kann etwas wie die Liebe, die immer dringend und unaufschiebbar ist, die Gegenwart und Erfüllung oder unmittelbare Zerstörung erfordert, angekündigt werden, bevor sie überhaupt existiert, oder wirklich erinnert werden, wenn sie nicht mehr existiert? Oder verhält es sich so, dass die Ankündigung selbst und die bloße Erinnerung *bereits* beziehungsweise *immer noch* einen Teil dieser Liebe bilden? Ich weiß es nicht, wohl aber glaube ich, dass die Liebe weitgehend auf ihrer Vorwegnahme und auf ihrer Erinnerung gründet. Sie ist das Gefühl, das

das größte Maß an Vorstellungskraft erfordert, nicht nur, wenn man es erahnt, wenn man es kommen fühlt, und nicht nur, wenn derjenige, der es erfahren und verloren hat, das Bedürfnis empfindet, es sich zu erklären, sondern auch, solange die Liebe selbst sich entwickelt und in voller Blüte steht. Sagen wir, sie ist ein Gefühl, das *zusätzlich* zu dem, was die Wirklichkeit ihm verschafft, immer ein Quantum an Fiktion benötigt. Mit anderen Worten, die Liebe hat immer eine imaginäre Dimension, so greifbar und wirklich wir sie auch in einem gegebenen Augenblick empfinden. Sie harrt immer ihrer Erfüllung, sie ist das Reich dessen, was sein kann. Oder aber dessen, was hätte sein können.

In diesem Reich bewegen sich die Figuren des Romans »Der Gefühlsmensch«, oder zumindest wohnen wir vor allem jenen Bruchstücken ihrer Geschichte bei, in denen sie – durch Vorwegnahme oder in der Erinnerung – am meisten in das Zusammenleben mit der Liebe verstrickt sind, das heißt, wenn sie sie noch nicht besitzen oder sie bereits verloren haben. Die beiden männlichen Hauptfiguren des Buches unterscheiden sich darin, dass der eine der beiden sich nicht mit dieser imaginären, projizierten oder fiktiven Dimension abfindet, sondern die notwendigen Schritte unternimmt, damit seine erahnte Liebe durch seine erlebte Liebe ersetzt wird (damit seine Liebe sich erfüllt), während der andere, der eigentliche Gefühlsmensch, mit Geduld, wenn auch nicht resigniert, den imaginären, einseitigen Modus akzeptiert und sich lebenslang in ihm eingerichtet hat. Für die eine Figur wird das Ende der Liebe keine allzu katastrophalen Folgen haben – so wie tatsächlich für fast niemanden in der heutigen Gesellschaft –, denn in dem Augenblick, da er sich für das Wirkliche oder, wenn man so will, das *Erfüllte* entschieden hat, hat er bereits den Gesichtspunkt der Erinnerung gewählt, der all diese Dinge erträglich macht. Hingegen sieht sich die andere, als sie ihre unerfüllte (und als solche aufgefasste) Liebe verliert, gezwungen, das wahre Reich der Liebe – das der Möglichkeit und der Vorstellungskraft – zu verlassen. Und dieser Verlust ist es vor allem, der diese Figur verzweifeln lässt.

Zwischen beiden steht eine weibliche Figur, Natalia Manur, die nur verschwommen, wie durch einen Schleier hindurch, gezeigt wird. Nur ein einziges Mal, zu Beginn, im Schlaf, sieht man sie deutlich, so wie ich die Frau im Zug von Mailand nach Venedig gesehen habe. Das mag überraschend sein, da es sich zugleich um eine zentrale Gestalt handelt. Aber vielleicht gehört sie zu jener langen Reihe fiktiver Frauengestalten (wie Penelope, wie Desdemona, wie Dulcinea und so viele andere, weniger erhabene), die da sind, aber nicht existieren: Sie sind gewiss die gefährlichsten für all diejenigen, die mit ihnen in Berührung kommen, und der Erzähler des Romans scheint dies wohl zu wissen: »Ich weiß nur zu gut«, sagt er, »dass es keine wirksamere noch dauerhaftere Unterwerfung gibt als jene, die auf einer Vorspiegelung oder, mehr noch, auf etwas beruht, was nie existiert hat.« Man kann sich fragen, ob dieser Erzähler auch sagen wollte: »auf etwas, was sich nicht erfüllt hat«.

J. M., März 1987